田舎のキャバクラ店長が息子を東大に入れた。

たった一つの子育てポリシー

碇 策行

プレジデント社

私も、妻も、『夜の世界』で働いている。
夜の世界で働く人間には、
『複雑な過去』を持っている者が少なくない。
私もその一人だ。
弟と一緒に自分の両親に棄てられた。
私は中学1年、
弟はまだ小学生だった。
ずっと怖かった。息子にも同じことを
してしまうのではないかと。
『自分に流れる血』が恐ろしかった。
息子が生まれたとき、
たった一つだけ、こう誓った。
どんなことがあっても、
キミを裏切らないと。

キャバ嬢が、大事なことを教えてくれた。

私は、親子関係の一番大事なこととして、「息子を裏切らない」ことを実践し続けた。因果ははっきりしないが、息子は東京大学に現役で進学した。

東京大学に合格する学生は、毎年三〇〇〇人ほどいる。いろいろな親御さんがいるに違いないが、両親が水商売というのは、おそらくウチだけではないか。息子が卒業した高校の先生もそうおっしゃっていた。

私は、息子に受験勉強を教えていない。私も妻も高卒だから、教えられるはずもない。私が息子にしてやったのは、「絶対に裏切らない」ということだけで、あとは息子自身の努力による合格だ。私は、ただただ息子を信じようとした。そう決めた。息子の価値観を信じ、責任感を信じた。そして、可能性も信じた。またその気持ちを息子に隠さず、伝え続けた。「信じない」というのは、子供への裏切りではないか。

子育てには、正解がない。だから、親は悩んでしまう。私だって、悩んできた。正解がないから、自分が育てられた経験をもとに育てるしかない。ところが、私にはその経験がほとんどなかった。すべてが手探りだったし、我流だった。

夜の世界で出会う、たくさんの女の子たちと接するうち、そうか、人間ってこういうものなんだ、子供ってこういうものなんだ、と気づくことがあった。そのことで、子育ての一番シンプルで、大事な部分を見つけられた。女の子から聞く『よくない親』を大勢知っていたから、自分は踏み外さずに済んだのかもしれない。

子育ては、とても複雑になっている。勉強はできてほしい、性格はおだやかでいてほしい、やる気のある子でいてほしい。親が子供に「こうしてほしい」「こうであってほしい」と求めるものがたくさんある。子供がそれらぜんぶを実現することは難しい。だから親は、カンタンに子供を褒めることができない。褒められないから、子供たちは自信を持てない。

夜の世界の女の子たちは、どれだけの美貌を誇っていても、自分にまったく自信がない子が多い。自信がない子は、チャンスを逃す。人にだまされたり、とんでもない行動に走ったりする。親が、周りの大人たちが、彼女たちに自信を与えることができなかったことが大きな原因だと私は思う。

子育ては、もっとシンプルでいいはずだ。この本が、複雑になりすぎた子育ての歯止めになってくれたら、そんな思いで筆を執っている。

田舎のキャバクラ店長が息子を東大に入れた。

目次

装丁　長谷部デザイン室
写真　キッチンミノル

はじめに。

私の生い立ち、息子の誕生、そして東大合格。

わが家には、何もない。

両親ともに大卒で、年収が高くて、社会的信用が高い職業（医師、弁護士、公務員、上場企業の役員など）、子供にピアノやスイミング、英会話などの習い事をさせて、塾や予備校にも通わせていた……。これが、私が勝手にイメージしていた東大生の家庭像だ。学歴も、経済力も、教育への熱心さも『ある』。

わが家は、まるで反対だ。何も『ない』。

両親ともに大学へ進学していない。

高校生時代の友人に言わせると、「おまえは高校を卒業できたのが不思議」。実際、私が高校3年のときには、当時はまだ導入されていなかった週休2日制と称して、日曜日以外にも高校をしばしば休んでいた。妻も高卒だ。

年収は高くない。

夜の仕事、いわゆる水商売をしているというと収入が高そうだが、地方都市で、さらに雇われ店長ともなれば給料はたかがしれている。正直なところ、お店の女の子よりも給料は少なく、年収で300万円ほど。平均レベルの女の子たちより下だ。

社会的信用がない。

飲食店勤務は総じて社会的信用が低いが、水商売はなお一層低い。金融機関に融資を申し込んでもほとんどの場合、断られる。私の場合は、受け付けてもらえないだろう。

名誉や名声など、あるはずがない。

他人に非難されることがあっても、名誉や名声をもらえる機会などあるはずがない。

ピアノやスイミングなど、習い事はさせていない。

息子が4歳のころ、ピアノ教室に通わせようとしたのだが、「ピアノって女の子がすることじゃない」と息子に言われて断念した。

スイミングを習わせるなど考えも浮かばなかった。英会話なんてどこに行けば習えたのだろう。読み聞かせという手法を知ったのは、息子が中学生になってからだった。

大学受験のための塾も予備校も、通わせていない。

「塾に通う往復の時間がもったいない。だったらその時間でゲームをしたりマンガを読んだりして、自分の時間を自由に使いたい」

と、息子が言うので、必要性を感じなかった。

さらに、私の場合、髪の毛もないらしい……。私自身はとくに気にしていたわけではないのだが、いつの日からかお店のお客さんたちは、私を『ハゲ』と呼ぶようになっていた。人よりはちょっとだけ少ないとは自覚をしていたのだが、私が思っているよりも、お客さんの目は厳しい。

ない、ない、ない、ない、家庭環境で育った息子だが、子育てにおいて私が『ある』と答えられるとしたら、それは、息子への誓いの言葉だけだ。息子が生まれたとき、私は息子にこう誓った。

キミの期待に応えられる親になるよ。

キミを裏切らない親になるよ。

そして、かつて私自身が味わった大きな不安を息子たちが感じないように、声に出してこう伝えた。息子たちというのは、妻の前夫との間に生まれた息子が一人いるからだ。彼も大事な息子であり、家族だ。

どんなことがあっても、キミたちの味方だから。
キミたちが本当に困って助けがほしくなったら、
世界のどこへでも助けに行くから。

私自身が味わった大きな不安。それは、私の子育てに多大な影響を与えた。

父がいなくなった。

茨城県の南東部、かつては「陸の孤島」と呼ばれた地域に「鹿島開発」という一大プロジェクトが動き始めたころ、私はごく一般的な家庭の長男として誕生した。父が23歳、母が20歳だった。1年半後に弟が生まれ、両親と祖母（父の母）との五人家族で何の不自由もなく幼少期をすごした。

幼少期の私は、父とは休日にキャッチボールをしたりして、「パパが好きな少年」だった。母は、ホットケーキを焼いてくれたりして、「ママも大好き」だった。ただ母は「はやく(して)」が口癖で、少しせっかちだった。

私が小学校に入学するころ、家族の中に少しずつ変化が生まれてきた。当時、飲料販売会社に勤務していた父が、自宅から自動車で1時間以上離れた本社勤務になり、単身赴任となった。その2年後、父は突然会社を辞めて、母とは別の女性と飲食店を始めた。母はヒステリックになり、私に父の愚痴を聞かせるようになっていった。自分の実家が東京で、孤独だったことも関係していたのかもしれない。

ときには、父のお店に電話をかけて、私に嫌味を言わせたりもした。母のつらい気持ちを子供ながらに察した私は、「ママの気が済むなら……」と、言われるままに母の気持ちを代弁していた。

母もいなくなった。

父がいなくなった数年後、私が中学1年生の冬、母は「東京の実家に用事がある」と、出掛けたきり帰ってこなかった。弟は小学6年生だった。

それまでの母の態度や気持ちを子供なりに理解していた私は、母はもう帰ってはこないだろうと悟った。

「両親に棄てられた」と感じた。「いざとなったら、大人は自分たちの都合のいいようにしかしない。子供のことなんて、どうでもいいのだ」と、両親を嫌い、許すこともないだろうと思った。

そして、「自分は子供を裏切らない」と誓った。

祖母と弟と三人での生活が始まった。

祖母は、ぜんそくやリュウマチなどの持病を患っていて、発作が起きるとかなりつらそうだったが、マメな人で、愚痴も言わずに私と弟の世話をしてくれた。両親が共働きだったこともあり、祖母に大事にしてもらった私は、祖母にこれ以上迷惑をかけるわけにはいかないと思いながら、中学校生活を送っていた。

祖母と弟との三人での生活が2年半をすぎたころ、私が中学3年生の秋、祖母は体調を崩し、入院した。そうなると隣町に住んでいた父も家に戻り、相手の女性とともに一緒に暮らすことになった。

間近に迫った高校受験、私は実家から通えない高校を選び、一人で生活していこうと考えていた。ところが、私たち兄弟を支えてくれていた祖母が入院してしまっては、考えを変えざるを得ない。

「おばあさんがかわいそうだから、近くの高校に行きなさい」

という父の言葉に従うかたちで、私は志望校を変更した。だが、高校受験の４日前、祖母は他界した。

祖母もいなくなった。

祖母を亡くした悲しみを乗り越えて高校に合格し、新しい生活が始まったが、唯一、私に向き合ってくれていた存在を失ったダメージは大きかった。勉強にも身が入らず、高校へ通う目的さえ見つけられない日々が続いた。一緒に生活をしていても、水商売の父とは生活のリズムが合わず、会話もない。**家に『自分の居場所』が見つからなくなってきた**私は、だんだんと家に帰る時間が遅くなり、家に帰らない日も増えていった。

私の普通でない生活に気づいていないのか、父は何かを言うことはなかった。「私に興味がないのではないか」とさえ思っていたほどだ。

「もうどうなってしまってもかまわない」とも思った。

先輩のくれた大事な言葉。

父との唯一の会話は『お金』の話だった。教材費が必要だとか、弁当代だとか、仕事から帰ってきて寝ている父を起こしていた。そのうち寝ている父を起こすのが嫌になり、高校では禁止されていたアルバイトを始めた。

アルバイトを始め、職場での人との出会いで寂しさを紛らわせるようになった。私は、アルバイト先にようやく自分の居場所を見つけた。そして、家より高校より、アルバイトが楽しくなっていった。

アルバイトの時間が増えると、勉強をする時間が減っていく。ついには授業さえまともには受けないようになり、成績が上がることはなかった。大学進学を勧める父への反発から、大学へは進学をしないと勝手に決め、父にも高校にも相談せずに就職先を決めた。

東京のレストランに就職した私は、先輩たちに恵まれた。東京での生活も目新しく、楽しい日々をすごした。ある日、先輩に日ごろの感謝を伝えると、先輩はこう言った。

私があなたにしてあげたことをありがたいと思って、
恩返ししてくれる気持ちがあるのなら、
あなたの後輩に同じようにしてくれることが
私に対する恩返しだから。

この言葉は、私の人生にとって、子育てにとって、重要な意味を持つ言葉になった。

私も水商売の世界へ。

東京での生活が1年経ったころ、高校生のときに出入りしていた飲食店のオーナーから、
「新しい仕事を手伝ってほしい」
と、声をかけられた私は、通った高校のある街へと移り住んだ。ところが、東京で働いたレストランの先輩たちと新しい職場の先輩たちを比べてしまい、新しい職場の先輩たちとギクシャクした関係になっていった。私はこのとき、大きな決断をした。

「いずれ自分の飲食店を経営したい」と考えていた私は、水商売とはいえ、10年以上飲食店を経営している父を利用しようと思い、父のお店で働き始めた。これまでのことを振り返り、どうしても『親』として認めることができず、経営者と従業員という立場を貫こうと決めた。

父を「父さん」とか「オヤジ」などではなく、『社長』と呼び、会話は今でも敬語だ。本当の関係を知らない他人が見たら、親子とは考えにくいはずだ。だが、残念なことにだんだんと見た目は似てきてしまっている。

父は、水商売からの脱却を目指していたのだろう。居酒屋などの飲食店をはじめ、広告業や宅配事業など、いろいろな分野の経営を手掛けた。すべての新しい仕事に対応させられたのが私だった。新規参入のため従業員も少なく、私も未経験。ほとんどの事業がうまくいかなかった。さらに資金繰りも悪化し、父とことあるごとに衝突し、私は父の仕事を手伝うことを辞めた。

そこで、友人の親から資金を借り入れ、妻と一緒にお店を始め、「マスター」となった。24歳のときだった。応援してくれる人、静観する人、それから足を引っ張ろうとする人、いろいろな人がいた。他人のありがたさと冷たさの現実を実感したときでもあった。「自分はいつでも応援できる人でいたい」と心に決めた。

従業員の女の子が集まらず、なかなか思い通りにならなかったお店は、半年も経つと妻の努力のおかげで女の子も集まり、忙しくなった。女の子が増えると、悩みも増えた。地域柄か、水商売をする女の子たちは、よく言えば個性豊か。それぞれがそれぞれの価値観と考えを持って働いている。

一言で言うと、「こうしてほしい」という要望が理解してもらえない。伝わっているのかさえわからない。しばらくして、あることに気がついた。**私が当然知っていると思って話していることを、女の子たちは知ってはいないのだ。**

女の子たちは、それまでの経験から、「わからないと怒られる」「わからないことは悪いこと」と感じていた。それに気づいた私は、女の子たちに話をするときには、できるだけ具体的にわかりやすく話をするように心がけた。そう、小さな子供と話すように。

息子が生まれ、不安が襲ってきた。

妻とのお店を始めて2年がすぎ、経営も順調になってきたころ、息子が生まれた。

妻は息子を出産して1カ月半後、息子を妻の実家に預け、お店に復帰した。それからは、出勤する前に息子を実家に預け、翌朝迎えに行くという生活を息子が保育園に通園するまで続けた。息子が生まれ、親としての責任を感じ始めたころ、喜びと同時に不安も生まれた。

「親として、何を伝えたらいいのか」「いつまで息子のそばにいることができるのか」という不安だった。**「やっぱり私も、両親と同じようにわが子を裏切ってしまうのではないか」「私も両親と同じように、子供たちを見棄ててしまうのではないか」**と、私自身の育ちが不安を大きくしていた。

そして、私はこう決めた。

もし私がいなくなってしまっても、生きていけるように育てよう。
私が両親にされて嫌だったことはせずに、
してほしいと思ったことを子供にしていこう。

こう考えると、息子たちに「こうしてほしい」と思うことは多くはない。私自身が息子たちと一緒にいられることが嬉しくなる。ただそばにいて、息子たちの笑顔を見ているだけでいいと思えた。

小学生のころ、母の笑顔が好きだった。しかし、次第に笑顔が少なくなった母は、私たちの前から姿を消した。そんな経験から、息子たちが笑顔でいるために、私自身が笑顔でいられるように、妻が笑顔でいられるように、生活することを心掛けた。いつも笑顔でいれば他人に好かれることが多く、私がいなくなっても息子たちは生きていけるとも思った。

親子で笑顔でいるために、妻には「はやく」と言わないようお願いした。せっかちだった母に「はやく」と言われながら育った私は、「はやくしなければならない」と子供ながらに焦り、結果的にうまくいかないことが少なくなかった。自信を持つことができず、自分が嫌になった。そんな思いを息子には味わわせたくない。そう思ったからだ。

でも、幼い子供がすることを「はやく」と言わないことは難しい。親がやってやれば数秒で終わることでも、子供にやらせると数分かかることがある。だからといって親がやってしまっては、親がいなくなったら生きてはいけない。失敗することがわかっていても、とりあえずは最後までやらせる。それがわが家の子育ての方針になっていった。

息子たちが成長するにつれ、生きていくうえで身につけてほしいことが増えてくる。しかし、多くのことを教えることは、お店の女の子たちと接していて難しいと実感している。場合によっては、お互いが笑顔ではいられなくなる。まずは**こうしてほしいということを、私自身がやって見せた。やって見せれば、言葉で説明する必要はない。**

かつて、「大人は言っていることとやっていることが違う」と不満に感じていた私は、あえて『言わない』ことを選んだ。

笑顔でいれば、困ったときには誰かが手を差し伸べてくれる。息子たちの周りに「手を差し伸べてくれる人」がいれば、私がいなくなっても息子たちは生きていける。

お店の女の子たちと接している中で、最も重要だと感じたのが『あいさつ』だった。「おはようございます」や「お疲れさまでした」は、ほとんどの女の子が言えるが、なぜか『ありがとう』と言える女の子は少ない。

「ありがとう」は他人を笑顔にさせ、人を味方につける不思議な力がある。息子たちが「ありがとう」と言えるように、息子たちの前では「ありがとう」を意識的に言うように心掛けた。もちろん、妻との間でも「ありがとう」は欠かさなかった。

息子が、自分で決断できるように。

水商売は深夜まで働くことになるが、営業時間はいつも変わらない。おのずと1日の生活のリズムは同じになってくる。毎日同じ時刻に食事をし、お風呂に入り、家を出る。

私よりも妻のほうが時間に几帳面で、予定通りにならないとリズムが狂うらしい。息子たちが幼いころから、「長い針が○○のところに来たら、○○ね」というように時刻を意識させていた。そうすることによって、お互いが時刻を意識して行動するので、「はやく、はやく」と息子たちを急かすことはない。そのうちに息子たちは、自分たちで時間をうまく使うようになっていった。

また、息子たちが成長するにつれ、「父さんはこう思うけど、あなたはどう思う?」と問いかけるようにした。すぐに答えを求めるのではなく、『考える習慣』を身につけさせるのが目的だった。『選択する習慣』も意識して身につけさせた。

選択するということは、『決断する』ということと同じだからだ。

人生は常に『決断』を強いられる。そして、決断するのは自分自身。人一倍失敗してきた私だが、反省することはあっても、後悔することはない。選択や決断の場面では、そのときどきの自分の知識をフル活用して、考えて、行動してきたからだ。

息子たちもさまざまな失敗をするだろう。でも、後悔はさせたくない。そのために、自ら『選択』をさせるようにした。何をどうするかは、息子自身に決めさせて、私は最後に『やってごらん』と付け加えた。

借金まみれになった。

息子たちが小学生になると、自分の味わった寂しさを息子たちに味わわせたくないと思うようになった。夜はできるだけ息子たちと一緒にすごしたいと、水商売を辞めたいと思うようになった。

かといって、飲食業以外の別な仕事ができるわけでもなかった。まずは弁当屋を手始めに、ショッピングセンター内の飲食店も始めたが、売り上げを伸ばせず、無理な資金繰りが原因となり、追い込まれた。「築いてきた」と信じていたもののほとんどを失い、残ったものは、返済できる見込みのない多額の借金だけだった。

さらに私の中の『夢』や『目標』、そして『やる気』さえも失われていた。結果的に息子たちとすごす時間も失った。

疲れ果てて、すっかりやる気を失った私だったが、借金の返済のため、あれほど嫌っていた父のもとで再び働きだした。水商売に逆戻りした。そうするしかなかった。

父からはそれほど多くの給料をもらえず、日中の空いた時間には別の仕事をする日々が続き、金銭的な余裕などあるはずもなかった。

父に頭を下げるしかない。

時間とお金に追われる日々が続き、2年がすぎ、私にもやる気が徐々に戻ってきたころ、息子がわが家から自動車で10分ほどの距離にある、私立の中高一貫校へ進学したいと言い出した。その私立中高一貫校は、地元では進学校といわれている学校だ。息子が小学6年生に進級した初夏のことだった。まったく考えてもみなかったことであり、あまりにも突然のことで、そのときは何も答えることができなかった。

小学校での勉強はできるほうだとはわかっていたが、進学校の授業についていけるのかは未知数。ましてや、学習塾にさえ通っていないので、入学試験に対応した勉強などしたこともなかった。いや、それ以上に経済的な負担を考えると、私立には入ってほしくないと思った。

数日後、もう一度息子に私立へ入学する意志を確認すると、息子は私の目を見つめ、

「行きたい」

と、言い切った。その言葉に私は思わず、こう答えた。ちょうど、野球を始めた少年に「甲子園を目指しなさい」と言うように。

わかった。私立に行くなら、東大を目指せ。

息子に『東大へ行く』という目標を与えたことによって、私にも新たな『目標』ができ

た。まずは資金不足の問題を解決するために、父に頭を下げるほかなかった。

父からすれば、かわいい孫の「将来にかかわること」と、入学金の援助については了承してくれた。しかし、授業料は毎月必要になる。息子の将来というよりも、私自身が後悔したくない。「今しかできないこと」「今やらなければならないこと」と考え、私自身の借金返済を先延ばしすることにした。お金を貸してくれた友人たちを裏切った。

地方の私立とはいえ、中学受験の準備をしないわけにはいかない。小学6年の夏休みの直前になって、息子は学習塾へ通うようになった。入塾の面接で、「入学試験までの時間が足りないので、合格は無理です」と、講師にきっぱりと言われた。

その場で息子に意志を確認すると、私の目を見つめはっきりと

「それでも受けたい」

と、言った。

「本人も受けたいと言っていますのでよろしくお願いします。やるだけやってダメなようだったら、最終的に私が判断しますから、塾には迷惑をおかけしません」

と、私が言うと、講師は驚きながら入塾を認めてくれた。翌年1月の入学試験まで5カ月前のでき事だった。

そして、私は息子に進学の条件を三つ出した。

「自転車で通うこと」

「運動部に所属すること」

「将来、学費をお母さんに返済すること」

息子は中高6年間で、三つ目以外の約束を守り抜いた。

運命的な出会いがあった。

息子は、努力の結果、志望校に入学した。間もなく、息子と私に運命的な出会いがあった。息子は、入学試験にトップの成績で合格し小学校のときから東京大学を目指していた少年と同じクラスになったのだ。『東大を目指す』ということの現実味と、自分の近くに『目標』を見つけた。

そしてもう一つの運命的な出会いは、学年主任だった。彼は保護者を前に、こんなことを言った。

「全員に東京大学に合格させるだけの学力をつけさせます」

私はその言葉を真に受けて、息子の学習面を彼に任せる決心をした。はじめて会い、一度も話したことのない学年主任が、わが家の目標である『東大合格』という言葉を口にした。これを運命と言わずしてなんというのだろう、と驚いたのだ。

それと同時に、大きな期待に胸が躍った。

さらにもう一つ、運命的な出会いがあった。私が生活のために始めたアルバイト先の常連客だった。心理カウンセラーであるこの常連客に出会ったことで、私は、自分の育ち、感情や気持ちを『言語化する習慣』を身につけた。

『言語化する習慣』を身につけたことにより、感覚に頼っていた私の子育てを振り返って、私自身が自信を持てるようになった。

息子が中学3年のとき、子育ては終わった。

私の期待以上に充実した中学生活をすごしていた息子だったが、中学3年生になるころから、少しずつ変化が表れてきた。はっきりとしないあいさつや、上の空な返事が多くなり、私との会話も少なくなってきた。

同じ年ごろの私自身を振り返れば、思い当たる思春期特有のでき事と理解はしても、正直、腹立たしい。ここで腹を立てて、何かを言ってしまっては親として負けだ。言葉よりも行動で、背中で伝えたい。そう自分に言い聞かせて、より一層私自身の生活を充実させることを考え、読書を習慣にした。

18歳のときに、『舞姫』を読んだのがたぶん最後。実に25年ぶりの読書だった。

しばらくして、息子は思春期のトンネルから抜けたようだった。中学3年生で迎えた元旦の夜、私は息子に言った。

「これからは、あなたの判断で生きていきなさい。それだけのことができるようにしてきたはずだし、できるようになったと思う」

『子育て終了宣言』をし、一人前の大人として息子と接していこうと決めた。このときからある意味、私と息子は対等になった。これまで以上に、私自身の態度や行動だけでしか息子を納得させられない、息子に背中で語れるように努力していかなければならない、と決意した。

私は、ゴミを拾った。

少しずつ東大受験を具体的に意識し始めた高校1年生の終わり、青天の午後だった。息子の学校から3年ぶりの「現役」東大合格者が出たと喜び、2年後の息子の受験に期待が高まってきた直後、今まで当たり前だと思っていた生活が轟音とともに崩れていった。3月11日のことだった。

携帯電話が不通になり、家族と連絡が取れない。水道が止まり、電気も止まった。道路は通行止めが相次ぎ、自動車であふれ、普段は10分で済む道のりが1時間以上もかかる状態になった。

終業式を待たずに授業は打ち切りとなり、息子は自宅待機の日々が続き、想像以上のでき事に勉強をする気にもなれない様子で、考える時間だけが与えられているようだった。息子は、「当たり前のことが当たり前であるありがたさ」「勉強ができるありがたさ」を再認識しながら、高校2年生になった。

徐々に、大学受験に対する勉強が本格化していった。**受験勉強に対して親のできることは少ない。母親は生活のサポートなど協力できることがあるが、父親にできることはほと**

んどない。でも、私の経験したことのない大学受験という困難に立ち向かう息子を応援したい。

私は、目の前のゴミを拾った。目の前のゴミを拾うことが息子の応援になるのかはわからなかった。でも、ほかに私のできることはなかった。ただ、目の前のゴミを拾い続けた。

友人とともに、毎月一度だけだが駅のトイレ掃除も始めた。ゴミを拾うこと、駅のトイレを掃除することが、私の習慣になった。

息子曰く、「自分の勉強方法が正しいのか、力がついているのか不安だ」という高校3年生の秋、私は、「自分が風邪を引いてはいけない」という緊張感にも襲われていた。さらに、「自転車で通学すること」と条件を付けたにもかかわらず、息子が自転車で通学することが不安になっていた。

「母さんに学校へ送ってもらいいな」という言葉が何度も出かかったが、言葉に出す勇気はなかった。「今まで通り、普段通り」と、呪文のように繰り返した。大学受験すべてのことがはじめてで、不安で不安で仕方がなかった。

センター試験を終えた息子の表情は硬かった。私は不用意な言葉を息子にかけてしまった。息子は、表情をこわばらせながら私に言い返した。そして、私は黙った。

翌日も息子にかける言葉を選ばなければならなかったが、息子は翌日も「今まで通り、普段通り」学校へ出かけた。妻はいつものように、笑顔で息子を送り出した。

私は安心した。ただ、見守った。


二次試験前日、私たち家族は、高速バスで東京へ向かった。

バス停から少し離れた駐車場に自動車を停めた私たちは、強風の中、スーツケースを引きずりながら、バス停へ歩いた。交差点を横断しバス停が見えたとき、強風にあおられて空き缶が転がってきた。

私の両手は荷物でふさがっていた。「あっ」と思った瞬間、私のすぐ後ろを歩いていた息子がその缶を拾い上げ、数十メートル離れたバス停の脇のゴミ箱へその空き缶を捨てた。

息子のその姿を見た瞬間、涙があふれた。

そして、こう確信できた。


「私の子育ては間違っていなかった」

お店の女の子に学ぶことは多い。

面接も含めると、今まで一〇〇〇人以上の女の子たちと接してきた。

水商売で働こうとする女の子たちも、一人ひとりの能力は決して低くはない。むしろ同じ年齢の女の子たちに比べると、つらい経験もしている分だけ大人びてしっかりしている。

ただ、**女の子たちは見守られて育ったという実感が少ないために、『安心できない』。安心できないので、何をするにも『自信が持てない』。そして、他人が信じられない。もちろん、自分自身も信じられない。自信がないから『続けられない』。続けたことがないから『目標を立てられない』。目標を立てられないから『成果が出ない』。成果が出ないから『達成感がない』。達成感がないから『続けていく気持ちがなくなる』。**

自分には『可能性がない』と思い込んでいる。自分の可能性に気がつけない。ある意味、お店の女の子たちは、自信を持てない子供のまま大人になってしまったのだ。自分の可能性を伸ばしきれない女の子たちと接したことで、私は『子育て』のヒントを得ることができた。

心が安らぎ自信を持てる環境が整えば、能力を発揮する。

ここからは、お店の女の子たちと接する中で、私が気づかされたことを聞いていただきたい。

第1章

どれだけ美しくても、自分に自信がない。

愛されたいから、身体を許す。

私の1日は、こうなっている。

女の子たちの話をするまえに、私の仕事やお店のことを紹介しておきたい。

私のお店は時間制。90分で一人税別３５００円。さらに社長の意向でお客さん一人に1品のおつまみが付く。女の子たちがいただくドリンクとカラオケは別料金だ。

人口の少ない田舎のお店では、スタッフとして働く女の子の確保が難しい。人口に対して、この手のお店の数が多すぎるのかもしれないが、お客さんよりも働いてくれる女の子を確保するほうが難題だ。女の子は指名制だが、指名されたからと言って、同じお客さんの席にずっと座らせているわけにはいかない。たいていの場合、指名されるような女の子は他のお客さんにも指名される。一組のお客さんに独占されるわけにはいかないのだ。

だから、失礼な言い方だが、『やきもちやき』なお客さんは正直困る。もちろん女の子だって困っている。かつては、「指名しているのに、どうして移動させるんだよ」と、お客さんに詰め寄られたこともたびたびあったが、最近はお客さんもお店のシステムを理解してくれたのか、そういう苦情は少なくなった。

お客さんの気持ちを考えれば、気に入っている女の子に文句を言えないから、私に文句を言いたいのだろうが、「だったら、お店に来なきゃいいのに」と言い返してしまう私は、マスターとして失格だ。

「マスター、いつ寝てるの?」

私の目覚める時刻を話すと、女の子たちは同じように驚く。

お店の仕事を終えて、ベッドに入るのは午前5時少し前。妻に言わせると3秒でいびきをかいているというから、寝つきは良いほうだ。目覚まし時計をセットしなくても、よほど疲れていなければ、午前9時前には目が覚める。

「どうしてそんなに早く起きるの、もっと寝ていればいいのに」が妻の口癖だ。そんな妻に「寝ている間に世の中で面白いことが起こったら、乗り遅れちゃうじゃん」と言い返す。借金に追われていた数年前まで、午前6時からファミリーレストランで働いていたことを考えれば、朝は遅くなったほうだ。

体力的なことでファミリーレストランを辞めてから、学ぶことの大切さを息子に伝えるために、自由になった時間で心理学やパソコンを学び、読書をするようになった。午後5時前に夕食をとり、ウトウトとする。私にとっては至福の時間だ。

午後8時の営業開始時刻にあわせ出勤し、掃除機をかけることから私の仕事が始まる。毎日同じ場所から掃除機をかけ始め、同じ場所で終える。同じ場所を歩いて、店内を点検する。毎日同じようにしないと気分が落ち着かない。毎日同じようにしないと、お客さんが来店してくれないような気がするからだ。

出勤時間に合わせて、女の子を送迎するのも大切な仕事だ。お客さんが来店すれば、おつまみもつくる。その合間を縫って女の子たちの給料を計算し、事務作業をこなす。こういったことは、営業時間ではない日中に済ませればいいのだろうが、仕事とプライベートを分けている。いや、分けたい。こうして、1週間が同じようにすぎていく。

私に彼氏なんかできない。

私の周りだけのことなのだろうか、夜のお店に働く女の子たちは、自分自身に自信を持てない子が多い。自分自身に自信が持てないから、人一倍『愛されたい』という願望が強いのかもしれない。ほとんどの女の子たちの口グセは「彼氏ほしーい」なのだが、愛されたいと思うあまり、相手の負担になってしまい、かえって嫌われてしまうことが少なくないのだ。

A子は、そんな「彼氏がほしーい」が口グセの代表格。20代前半で髪の毛は長く、スタイルも良い。カラオケ好きで活発。私からすると、彼氏がいないことが不思議なくらいの女の子だ。

ある日、いつものように「彼氏がほしーい」と、更衣室で叫んでいた。

「A子ちゃん、いつもいつも、彼氏がほしいって言っているけど本当に彼氏がいないの？」

と、私がたずねるとA子は、

「本当にいないよ」

と、きっぱりと言って、うつむきながら話を始めた。

「こんな私を好きになってくれる人はいないよ」

「どうして、そんなことないと思うよ。A子ちゃんは十分かわいいよ。A子ちゃんがその気になれば、すぐに彼氏ができると思うよ」

「本当？　でも無理。だって彼氏ができて付き合いだしても、すぐに嫌われちゃうんもん。だから無理」

「そんなこと言わずに胸を張って、自信を持てば大丈夫だよ。すぐに彼氏ができるって」

「そうかな？」

「うん」

「でもやっぱり無理。いいもん。彼氏がいなくたって……」

そう言うと、Ａ子は足早に更衣室から出ていった。

「彼氏がほしい」と言いながら、「彼氏はできない」と言い張るＡ子。私はＡ子のことが気になり、**しばらくＡ子の様子を注意深く見守った。「こんな私を好きになってくれる人なんていいない」というＡ子の言葉が、私の心に深く突き刺さったからだ。**


私がそうであるために同じような境遇の女の子たちが集まってしまうのか、私のお店には両親が離婚していたり、親子関係があまりよくない女の子たちが多い。心理学用語でいうところの、「機能不全家族」という家庭環境で育ったのだろう。Ａ子もまた、そんな家庭環境で育った女の子なのかもしれないと思っていた。

しかし、Ａ子と家庭環境の話をしてみると、両親ともに健在で、今でも一緒に住み、親子での会話も少ないわけでもない。親子関係は悪くないらしい。なのに、「他人に好きになってもらえる自信がない」というA子。

私は、ますますA子の様子が気になり始めた。

カラオケも上手で、笑顔も絶やさず、見た目には明るく陽気なA子。しばらくお店での仕事ぶりを注意深く見守っていると、私はあることに気がついた。**会話のはしばしに「どうせ、私なんか……」「やっぱり、無理」といったネガティブな言葉遣いが多い。「他人に好きになってもらえる自信がない」というよりも、A子は「自分自身に自信がない」ように思えた。**

下ネタ以外、ネタがない。

時折A子は、お客さんの興味を引くためか、A子自身の過去の恋愛や性体験を赤裸々に、面白おかしく話すことがある。

「そんなことまで話すことないのに……」

私は、痛々しく感じることさえあった。

ある日、お客さんが少なく、接客できずに待機している女の子たちの大きな笑い声が聞こえた。女の子たちは、お客さんのテーブルについて、お客さんとの会話でそのテーブルを盛り上げるのが仕事。

厳しく言えば、待機中は仕事をしているとは言えない。そんな待機中に、女の子たちが自分たちで盛り上がっていては言語道断。注意しようと女の子たちのもとへ向かうと、話題の中心はA子だった。

A子の様子が気になっていた私は、しばらくA子と女の子たちの会話に耳を傾けた。すると、その話題はお客さんとの会話と同じように、自分の恋愛や性体験だった。

「またその話をしているんだ……」

正直、その会話の内容をそれ以上聞いていられず、

「みんな、待機中に女の子たちだけで大きな声で盛り上がっていたらダメじゃないか」

と、女の子たちの会話を遮った。

数日後、A子と控え室で話をする機会ができた。

「A子ちゃん、A子ちゃんはどうしてお客さんや女の子たちに自分の恋愛や性体験のこと

を、あんなに面白おかしく話をするんだい？」

「えー。だって、ウケるんだもん」

「ウケるって言ったって、あそこまで話すことはないんじゃないの？」

「だって、ほかに面白い話ができるわけじゃないし……」

「そんなことはないでしょ、ほかにもできる話があるんじゃないの？」

「ない」

「ないって……。じゃ、もし、俺とA子ちゃんが付き合ったとしたら、俺とのこともあんな風にみんなに話しちゃうわけ？」

「えー。マスターと……」

「そう、俺と」

「それは無理。わたし、ハゲ無理」

表情を変え、真顔で答えるA子。そしてまた表情を変え、子供のような無邪気な笑顔を見せながら、逃げるように更衣室から出ていった。

「A子ちゃんは、どうしてあんなに自分の恋愛や性体験を面白おかしく、誰にでも話すんだろうか。何か思い当たることはある?」

私は、A子を以前から知るA子と仲の良い女の子、T美に相談をした。

「思い当たることって言ってもね。私もお客さんたちにそんな話をするものじゃないよ、と言っているんだけどね……」

「そうなんだ。ありがとう。本人はウケるからって言ってたけど」

「まあ、たしかにお客さんは面白がっているから、ウケてはいるわね……」

「でもね……。以前からあんな感じだったの?」

「前から、あんな感じっていえば、あんな感じだけど……」

「そうなんだ」

「A子も昔、いろいろあったみたいだから……」

「いろいろって?」

「そう、いろいろ」

「たとえば、どんなことなの?」

「えー、マスター知らないんだっけ?」

「なにを?」

「私から聞いたって言わないでよね」

「言わないよ」

「A子、中学生のとき、イジメにあってたのね。ほとんど学校にも行ってないんじゃないかな。手首にも傷があるでしょ……」

「そうだったの？　手首の傷は気にはなっていたけど、そんなことがあったんだ」

「そう、そんなことも関係があるんじゃないのかな」

T美からA子が『いじめ』にあっていたという過去を聞き出した私は、なおさらA子のことが気になった。

後日、控え室で携帯電話をいじるA子に話しかけた。

学校へ行かなかった本当の理由。

「A子ちゃん」

「うん？」

A子は携帯電話の画面から目をそらさずに、面倒臭そうに私に返事をした。

「A子ちゃんは、中学校にはあまり行っていなかったの？」

「えっ？」

Ａ子は少し驚いた様子で顔を私のほうへ向けた。

「行ってなかったよ」

「どうして行かなくなってしまったの？」

「どうしてって、つまらなかったから……」

「つまらなかったって、何がつまらなかったの？」

「全部……」

Ａ子は、私の問いかけにうつむきながら答えた。

「全部って、イジメにあっていたの？」

「イジメっていうか……。学校へ行っても相手にされないし、つまらなかった」

「イジメられたから、学校へ行かなくなっちゃったんだ」

「イジメられたから学校へ行かなくなったんじゃなくて、学校に行かなくなったらイジメられるようになった」

「えっ？　イジメられたから学校へ行かなくなったんじゃなくて、学校へ行かなくなったらイジメられるようになったわけ？」

「そう。学校へ行かなくなったのが、先かな」

「じゃあ聞くけど、どうして学校へ行かなくなっちゃたの？」

「どうしてって……。お母さんが朝起こしてくれなくなったから」

「お母さんが起こしてくれなかったから、学校へ行かなくなっちゃったの？」

「そう」

「それだけ？」

「たまに学校へ行こうと思って朝起きても、朝ご飯がなかったし、お母さんがいなかったから、『まっ、いいか』って感じになっちゃって、学校へ行くのが面倒になったの」

「えっ？　じゃあ、お母さんが朝起こしてくれて、朝ご飯を用意してくれていたら、学校へ行ってたってこと？」

「それはわからないけど、学校へ行こうとは思ったんじゃないかな……」


私自身、祖母が亡くなって高校に入学し、朝ご飯が用意されなくなってからは、次第に遅刻が増え、欠席も増えていった。同じような経験があるだけに、A子の不登校になった理由が「お母さんが起こしてくれなかったから」「朝ご飯を用意してもらえなかったから」

だということに納得することができた。

私は、それらの積み重ねの中で次第に自分の居場所を失い、『孤独感』を味わうようになった。A子も、私と同じように少しずつ家庭の中で孤独感を強く持つようになっていったのだろう。**孤独感は愛されていないという実感でもある。A子も私も両親から愛されていると実感できなかったのだ。高校生だった私は『愛される』自信がなくなり、だんだんと『愛されなくてもかまわない』という気持ちが強くなっていった。**

友人たちに言わせると、高校生当時の私は、近寄りがたく人を寄せ付けようとしない目つきをしていたらしい。

愛されなくてもかまわないという私とは対照的に、A子は愛されたいという気持ちが強くなっていったのだろう。私が高校生、A子が中学生という年齢的な違い、性別の違いがそうさせたのかもしれない。愛されたいという気持ちが強くなり、「ウケる」ことに喜びを感じるようになっていったのだろうと、A子の普段の様子と結び付けて考えるようになっていった。

愛されたいから、身体を許す。

再び、A子と話す機会ができた。

「A子ちゃん、あれから彼氏はできたの？」

「できるわけないじゃん」

A子は、私の質問に対して不機嫌そうに答えた。

「ごめん、ごめん。怒らないで」

「……」

「A子ちゃんさ、今まで、まったく彼氏ができなかったわけではないでしょ？」

「彼氏がいなかったわけないじゃん。マスター、私のことバカにしてる？」

「いやいや、バカにしているわけではないよ」

「うそだ」

A子は、疑い深く私の顔を覗き込んだ。

「変なこと聞くけど、じゃあ、どうして彼氏と別れちゃったの？」

「えー、そんなこと聞かれても……。私のこと嫌いになったんじゃないの」

「そうなんだ……。その彼氏とは、どれくらいの期間付き合っていたの？」

「大体2カ月くらいかな……」

「えっ、たった2カ月？」

「そう、いつもそれくらいかな……」

「いつもそれくらいって、彼氏ができても2カ月くらいで、別れちゃうってこと？」

「そう」

「本当に？」

「本当。男なんて身体だけが目的なんでしょ？　関係を持ったら、それで終わりって感じじゃないの？」

「そんなことないと思うけど……」

「そんなことあるって。男ってそんなもんだって。でも……」

A子は、話題をそらすように携帯電話をいじり始めた。

「でも？」

「だから……」

A子は、携帯電話から目を離さずに話を続けた。

「だから、私に関心を持ってもらえるなら、身体が目当てだってかまわないよ。嫌われたくないもん」
「それでもいいんだ？」
「いいわけではないけど、仕方がないよ。どうせ私のことを本当に好きになってくれる人なんていないもん」
「そんなことないって……」

『愛されたい』から身体を許す。その愛が本当か嘘かわからなくても、『愛されていない』よりはいい。誰にも『愛されていない』と感じるから『自分自身に自信が持てない』。『自分自身に自信が持てない』から『愛されたい』。『愛されたい』と思うから『必要とされたい』。『必要とされたい』と思うから身体だけが目当てでもかまわない……。

思い返せば両親に『愛されている』という実感することができなかった10代のころ、私もA子と同じような気持ちだった。両親から受けるべき『愛情』を異性へと求めていった。両親との『心』のふれあいを、異性との『肌』のふれあいへと、置き換えていた。

少しの沈黙の後、私は話を続けた。

「A子ちゃん、俺もなんとなくA子ちゃんの気持ちがわかるんだ」

「えっ、マスターも？」

「うん、肌と肌が触れ合っていると落ち着くんだよね。もちろん好きという感情は強くあるんだけど、肌と肌が触れ合っていることがすごく落ち着く」

「そう、そう。落ち着くの。気持ちがいいの」

「安心するんだよね。たぶん、親から受けるべき『愛情』の足りない部分、足りなかった部分を無意識に補おうとしているんだと思う」

「えっ？」

「俺自身もそうだけど、A子ちゃんも親から受ける愛情が少し足りなかったんだと思うんだ。今さら、親に甘えるわけにもいかないし、だからと言って足りない愛情をそのままにしていけるほど強いわけではない。その足りない愛情を異性に求めるんだと思う」

「……」

「その愛情を確かめるために、肌と肌を重ねる。そのうちに愛情を確かめるために肌と肌を重ねていたのに、肌と肌を重ねるだけでとりあえず安心できるようになっちゃうんだよね。好きとか嫌いとかじゃなくても……」

「それじゃ、私は彼氏ができても、本当は彼氏のことが好きじゃないってこと？」

「そうとは言い切れないけど、そうかもしれないね」

「マスターのバカっ」

人はただ、人に話を聴いてほしい。

しばらくの間、A子と話をする機会がなかったが、お店の女の子たちからの情報によると、A子に彼氏ができたようだった。

「A子ちゃん、彼氏との仲はどうなの？　うまくいっているの？」

控え室にいたA子に何気なくたずねた。

「えっ？」

「彼氏ができたんでしょ？」

「もう別れたよ」

「もう別れたって、まだ付き合ってそれほど時間がたってないんじゃない？」

「2カ月くらいかな…」

「また2カ月？　ずいぶん短いんじゃないの？　何かあったの？」

「別に……。何もないよ。私のせい。私が悪いの」

「私が悪いって、そんなことはないでしょ」

「私を好きになってくれる人なんていないの。親だって私のことが好きなのか疑問だもん」

「……」

「小さいころから親に褒められたこともないし、昔から私が話をしたって、まともに私の話を聞いてくれることはなかったし、私は誰からも愛されないの」

私はA子の言葉にハッとした。

A子とは違い、自信満々に振る舞い、比較的恋愛に自由な考えを持つT美も同じようなことを言っていたからだ。

ごく一般的なサラリーマンの家庭に育ったT美だったが、T美の父親はどちらかと言えば厳格で、T美が中学生になると、ことあるごとに衝突するようになったそうだ。

そして父親との会話はほとんどなくなり、厳格な父親に反抗し、生活は荒れて、せっかく進学した高校もすぐにやめてしまい、夜の世界へと流れ着いた。T美も、

「うちの親父は、私の話を聞いちゃいない。まったく聞く耳を持たず、指図ばっかり。頭にきちゃう」

と、言っていた。
私自身も、両親の代わりに私に向き合ってくれた祖母を亡くしてからは、恋愛に対する考え方が変化していった。ただただ、私自身に向き合ってくれる相手がほしかった。話を聴いてくれる相手がほしかった。見守ってくれる『誰か』が必要だった。

A子も『愛されたい』のは異性ではなく、親なのだろう。話を聴いてほしいのは異性ではなく親。親に愛されていると実感することによって、自分自身を愛することができる。自分自身を愛することによって、自分自身に自信を持つことができる。自信を持つことによって、他人に対して『優しく』できる。優しくできることによって、心の底から他人を『愛すること』ができる。

そんなA子も、お店にはもういない。数年後、もしA子に会えるとしたら、『愛されている』と実感しているA子に会いたい。
A子によく似た可愛い子供を、その手に抱いた姿で……。

A子も私も、こう思っているだけなのだ。

まずは、そばにいてほしい。話を聴いてほしい。
存在を認めてほしい。そして、見守っていてほしい。

第2章
ママさんキャバ嬢の子育て論。

最悪の想像をしてしまうことも。

娘が帰ってこないんです！

「うちの娘は、大人になったら、ドレスを着てマスターのお店で働くって！」

私のお店で働く女の子の中には、10代で結婚し、出産後に離婚し、子供を育てているシングルマザーもいる。J子もその一人だ。

極東の僻地という地域柄、中学校さえまともに通っておらず、スキルもキャリアもない女の子たちには、私のお店のような『夜の仕事』は人気が高い。スキルもキャリアもないだけに、『夜の仕事』でしか生きていけないとも言える。

J子は、私のお店で働きだしたときには、すでに生まれたばかりの女の子を育てるシングルマザーだった。スラリとした体形で、明るく賑やかにお客さんに接する姿は、幼い子供を育てるシングルマザーにはとても見えない。

人付き合いもよく、女の子たちからの人望も厚く、懇意にしているお客さんに『アフター』に誘われると、ほかの女の子と連れ立って食事に出かけ、夜が明けるまで家に帰らないことも少なくなかった。

『アフター』とは、お店の営業後、お客さんとの食事やお酒の誘いにのることを言う。お客さんを楽しませることができる女の子は、必然的にお客さんにアフターに誘われる機会も多くなる。女の子たちにとっては、アフターも営業活動。むげに断るわけにもいかず、悩みのタネになることもある。

J子はどちらかと言えば、付き合いのいい女の子で、アフターの数が多かった。子供を実母に預けている、という安心感がそうさせたのだろう。

ある日、私の携帯電話がけたたましく鳴った。帰宅し眠りについていた私は、鳴り響く音に叩き起され、ベッドから身を乗り出して電話を手にした。

「マスター、寝ているところすみません。おはようございます」

J子の母親からの電話だった。

「あっ、おはようございます。どうしたの？」

寝起きのせいか、かすれた声で電話に出た。

「J子がまだ帰ってきてないんだけど。マスター、どこにいるか知りませんか？」

目をこすりながら時計を確認すると、もうすぐ正午。

「えっ、まだ帰ってきていないの？」

「そうなんです。携帯電話に電話しているんだけど、出ないんです。どこ行っちゃったのかしら……」

「えっ、マジで？」

電話でJ子の母親と話しながら、ベッドから抜け出し腰を掛けると、記憶が徐々によみがえってきた。お店の営業が終了した後、数時間前まで、私はJ子と一緒だった。

「何をやっているんだか……」

電話の向こうで、J子の母親は心配している。


「ちょっと待って、俺もお客さんとアフターで一緒に食事していたんだよね」

「えっ、マスターも一緒だったの？」

「そう、俺は先に帰ってきちゃったんだけどね。たしか6時ちょっと前だったかな」

「J子はまだいたの？」

「J子ちゃんとK美ちゃん、F奈ちゃんがお客さんと一緒に残っていたね」

「そうなんですか。子供も目を覚まして、J子のことを探しているんですけど……」

「ちょっと待ってて。一緒にいた女の子に連絡を取ってみるから」

私はJ子の母親からの電話を切り、まずはJ子の携帯電話に電話をかけた。

「おかけになった電話は電波の届かない場所に……」

電話の向こうから聞こえるのは、無機質なメッセージ。続いてK美とF奈の携帯電話に電話をかけてみるが、電話の向こうから聞こえるのは同じメッセージだった。


「J子に電話した後に、一緒にいたはずの二人に電話したけれど、三人とも電波が届かないところにいるか、電源が入っていないみたいだね」

J子と連絡が取れず、心配しているJ子の母親にすぐに電話をかけ直した。

「そうですか……。もう、ホントに何をやっているのだか。頭にきちゃう」

J子の母親は心配を通り越して、怒りが込み上げてきたようだ。

「たぶん、三人とも連絡が取れないってことは、みんな一緒にいるんだと思うよ。怒られるのがわかっているから、バツが悪くなって、電話に出られないから電源を切っちゃったんじゃないかな。もうしばらくしたら、帰ってくるよ」

確信が持てたわけではないが、J子の母親を落ち着かせるために、そう言った。

「マスター、迷惑かけてすみません」

「いやいや、こちらこそ心配かけさせちゃって申し訳ありません。俺が帰るときにきつく言って帰らせれば、こんなことにならなかったのに」

1時間ほどすぎて、J子から電話があった。私が帰った後、誰からともなく「海が見たい」という話になって、自動車で10分弱の近所の海岸へ向かったのだが、「どうせなら」と1時間ほどかけて大洗に向かい、昼ご飯を食べて帰ってきたということだった。

案の定、母親からの電話で怒られるのを予想し、携帯電話の電源を切ったらしい。ともかく、何事もなく無事に帰ってきたということだったので、私も安心した。

キミの娘に仕返しされるぞ。

「マスター、今朝はお騒がせしてすみませんでした。以後、気をつけます」

大騒動があったその日の夜、J子は神妙な面持ちで出勤すると、深々と私に頭を下げた。

「ともかく、何事もなくてよかったよ」

「申し訳ありません」

明るく賑やかな普段の態度とは違い、今まで見せたことのないJ子の態度が反省していることをうかがわせる。

「子供じゃないんだから、アレコレ言うつもりはないけど、あんまりお母さんと娘に心配をかけないようにしたほうがいいぞ」

「はぁい……」

「お母さん、かなり心配していたようだぞ」

「はぁ……。反省しています」

「まっ、これからは、ほどほどにハメを外してください」

「これからは、ほどほどにします……」

「今朝のように、いつまでも娘をほったらかしにしていると、娘が大きくなったら仕返しされるかもしれないぞ」

そう言って私が笑うと、J子は、

「お母さんにも同じこと言われました」

「同じこと？」

「はい……。そのうち娘に仕返しされるぞって……」

「ハハハハ、お母さんにも言われたのか」

と、私が大声で笑い飛ばすと、

「はぁい……。でも、私は大丈夫です」

「えっ？」

「私は、仕返しされても大丈夫です」

「いやいや、仕返しされても大丈夫って、そういう意味だけじゃなくて、娘がかわいそうって意味ね」

「はぁ……。でも、反面、反面なんでしたっけ？　マスター」

「ん？　反面教師？」

「そう、反面教師」

「反面教師って、まあそうだけど、意味をわかって使っているの？」

「あれでしょ。親がしっかりしていないと、子供がしっかりしてくる、ってやつ」

「まあ、そんな意味ではあるけど、そういうことを親が子供に期待するのはよくないんじゃないの？　むしろ間違っているでしょ」

「私は頭がよくないから、むしろ大丈夫。実家にお母さんもいるし」

「お母さんもいるしって……。子育てにどんだけ前向きなんだよ」

「娘は大人になったら、ドレスを着てマスターのお店で働くって言っているから、問題ないじゃん」

いつの間にかJ子はいつもの笑顔を取り戻し、反省しているとは思えない軽やかな足取りで、ホールへと出ていった。持ち前の明るさとその笑顔で娘に接していれば大丈夫かもと、J子が言うように『反面教師』を期待してしまうから不思議だ。

祖父がバカ！ バカ！ と叱る。

「あなたたちのことは、手遅れかもしれないけど、あなたたちの子供たちの将来が心配だ」

学習意欲が少なく、惰性でだらしない生活を送る女の子たちの姿を目にすると、決まって私はこう言う。そして、

「あなたたちも気がついているだろうけど、今になって、大人になって、後悔するのは『もう少し勉強しておけばよかった』だと思う。子供がいたら、勉強をするように育てなさい。勉強は一生続けられることなのだから……」

と、続ける。I美は、二人の子を持つシングルマザー、上の子はもう小学生になる。

30歳をすぎた女の子だが、お客さんには20代半ばと信じ込ませている。ましてや、小学生になる子供がいるとは思えない容姿の持ち主だ。シングルマザーになったのをきっかけに、両親がいる実家で生活している。子育てに悩むと、時間を見つけて私に相談してくる。子供たちの将来が心配なのだろう。


「ねぇ、マスター、子育てに重要なことって何？」

ある日、I美が私に聞いてきた。

「まあ重要って言っても、そのときそのときで求められるものは多少違ってくるけど、子供たちが安心できることかな」

「安心？」

「そう、安心。身近な大人たちが笑顔でいることで、子供たちは安心できるんじゃないかな。とくに、ママが笑顔でいることが重要かな」

「ママが笑顔でいることかぁ……」

「I美ちゃんの子供たちにとっては、I美ちゃんが笑顔でいることが重要だね。子供にとって、ママの笑顔は最高のご褒美だから。ママの笑顔があれば、いろんなことに挑戦できる勇気が湧くんじゃないかな」

「そうなんだ……」

私は、自分自身が子供のころに味わった経験を思い出しながら答えた。

「何かあったの？」

「実は……。オヤジがね、上の子に厳しいの」

「オヤジ？　あっ、お父さんね。お父さんが上の子に厳しいってこと？　上の子はいくつだっけ？」

「今年、小学校に入学したの」

「もう、小学生か……。はやいねぇ。で、どうしたの？」

「子供の宿題をオヤジが見てくれているんだけど、計算とかができないとすごい怒るの」

「怒るって、どんな風に怒るの？」

「どうしてできないんだとか、そんなこともできないなんて、誰に似たんだって。それでバカ、バカっていうの」

「う～ん、それはちょっとひどいね」

「でしょ。私もついオヤジに言っちゃうの」

「何て、言っちゃうの？」

「そんなに怒ったら、できるものもできなくなっちゃうじゃないのよ、って」

「それぐらいは言いたくなるよね」

「マスターもそう思うでしょ」

「それで、お父さんとケンカになる、と」

「マスター、どうして、わかるの？」

「それは、わかるよ。I美ちゃんと似たような性格のお父さんなんでしょ。似たもの同士はぶつかるって言うじゃない」


I美のお父さんの気持ちがわからないわけでもない。若くして結婚し、子供をもうけたにもかかわらず離婚。経済的な理由があるとはいえ、『夜の仕事』をするI美。お父さんからすれば、孫であるI美の子供たち。その孫たちの将来が心配でないわけがない。孫たちの父親代わりという気持ちがあって、当然だ。

はやくしろよぉ！　と怒鳴るママ。

お互いに多少の不満を持ちながらも、親と一緒に暮らすことによって子育ての負担が軽くなり、母親である女の子たちが笑顔でいられることが、女の子たちの子供たちが安心して健やかに育つことにつながる。

しかし、親と一緒に暮らすことができずに、一人で子供を育てている女の子もいる。

K子は、20歳をすぎたばかりだが、3歳になる子供がいる。

単純に計算すれば、高校生の年ごろに妊娠し、出産したことになる。K子は子供と二人で生活しているため、私のお店で働くとなると、子供を託児所へ預けなければならない。そんな女の子たちのために、私のお店では、提携した託児所を用意している。出勤初日、K子の自宅に迎えに行った私は、衝撃を受けた。

「おはようございます」

私の自動車のドアを開け、K子は少し元気のないあいさつをした。出勤初日ということで緊張しているのだろうと思いながら、私はあいさつを返した。

「おはよう。今日からよろしくね」

私のあいさつが終わるか終らないうちに、

「はやく乗れよぉ」

先ほどのあいさつとはうって変わった、ドスの利いた声が聞こえた。驚いて振り返ると、小さな男の子が自動車の床に手をかけ、よじ登るように乗り込んできた。託児所に着くまでの間も、K子は携帯電話を手にし、子供が話しかけてきても上の空で答えていた。出勤初日ということもあって、K子親子の事情をくわしく知らない私は、K子に子供に対する言葉遣いや態度を注意することをためらった。


数日様子を見ても、K子の子供に対する態度はあまり変わることはなかった。ある日、子供が迎えの自動車に乗り込もうとしていると、以前と同じように、「はやく乗れよぉ」と言うので、

「そんなこと言わないで、手を貸してあげなよ」

と、私が言うと、

「自分のことは自分でやるようにさせてますから、いいんです」

と、返されて、言葉を失った。K子は『自立させる』ということを勘違いし、子育てを

急いでいるように思えた。それでもK子の子供は、車内でK子に話しかける。

「ママ、おつきたま、きれいだね」

「……」

相変わらずK子は携帯電話を手にし、携帯電話の画面を見つめている。

「ママ、ねえ、ママ」

と、子供が言うとK子は、

「静かにしろよぉ」

と、子供を叱りつけた。私からすれば、それほど子供がしつこく声をかけたようには思えなかったが、K子には気に障ったのだろう。


もしかしたら、K子一人で幼い子供を育てていることが、K子の負担になっているのかもしれない。そう思うと、K子の子供が不憫になり、K子自身のこともかわいそうになった。K子親子のために、私にできることはないのだろうか。子供を託児所に預け、自動車に戻ってきたK子に、矛先が子供へ向かないようにと、

「俺の気分が悪くなるから、送迎中は子供に対して乱暴な言葉を使わないでください。お

願いします」

と、言うのが精一杯だった。

最悪の想像をしてしまい……。

K子の子供への接し方から、子供を一人で育てていくのは非常に大変なことなのだということを改めて感じた。K子も自分の親に甘えることができれば、子供への接し方が少しは変わってくるのではないだろうか、とも考えた。

もしかしたら、K子の親は、十代で妊娠、出産してシングルマザーになったK子を受け入れることができないのではないだろうか、K子もそれまでのいきさつから、素直に親に甘え頼ることができないのではないだろうか、そんなことも想像した。

さらには、このままでは育児放棄や虐待も起こってしまうのではないか、という心配までするようになっていた。

私の中で、K子親子に対する心配が膨らんできたある日、迎えに行くと、K子一人が自動車に乗り込んできた。私の心配していたことが起こってしまったのではないだろうか。

私の中に重苦しい空気が流れた。

「おはよう」

「おはようございます」

　K子は、普段よりも少し沈んだ声であいさつを返した。K子の子供がいないことで、普段とは違った沈黙が車内を包んだ。その沈黙が、さらに私を不安にさせた。私の中の重苦しい空気を払いのけるために、K子に声をかけた。

「子供はどうしたの？」

「知り合いに預けました」

　窓の外の暗闇を見つめながら、K子は答えた。

「そうなんだ……。たまには、子供を預けるのもいいんじゃないの。一人で子供を育てていると、息が詰まっちゃうこともあるし、甘えられる人がいるなら甘えたほうがいいよ。お互いのためにも気分転換は必要だよ」

「はぁい……」

　ルームミラー越しに見ると、力なく答えたK子は、窓の外の暗闇を見つめたままだった。

1週間後、K子を迎えに行くと、K子の子供が自動車の床に手をかけよじ登るように乗り込んで、あいさつをした。

「こんばんはぁ」

K子の子供に対する態度は相変わらずだが、子供の元気そうな姿を見て、私は嬉しくなった。

「はい、こんばんは」

いつもより少しだけ大きな声で、私はあいさつを返した。続いて、K子が乗り込んできた。私が迎えに行く直前に見ていたのだろうか、自動車に乗り込んだK子の子供は、楽しそうにアニメの主題歌を歌っていた。その歌声を聞いているK子の表情は、これまでと変わらなかったが、K子のその手に携帯電話はなかった。

かつて私が経験した『やるせなさ』を、K子の子供には経験させないでほしい。だが、K子が常に子供に笑顔で接するためには、もう少しの時間が必要なのだろう。そして、もう少し、心のゆとりが必要なのだろう。

第3章

女の子たちに計算問題をさせてみたら。

大人の欲がやる気を奪ってしまう。

女の子の話題はパチンコ。

私たちが住む街は、東京からバスで1時間半ほど。東京にそこそこ近いというだけで、博物館も、美術館も、映画館もない。おしゃれなショップもない。最近は、アメリカ発のコーヒーチェーン店ができただけで大騒ぎになった。もしかしたら、子供たちが夢を描きにくい街なのかもしれない。

そんな田舎に住むお店の女の子たちの趣味は、ゴルフかパチンコだ。どちらかと言えば、気軽にできるパチンコが一番人気。それは、お客さんも同じこと。周辺に新しいパチンコ店がオープンすると、お店の売り上げが変わるほど。それほど女の子たちやお客さんにとって身近なパチンコだが、パチンコにのめり込みすぎて、生活がままならなくなった女の子たちを見てきた私は、お店の女の子たちにはパチンコを禁止している。

しかし、お客さんや女の子同士の会話に耳を澄ますと、パチンコの話題ばかり。パチンコをしない私には、さっぱり理解できないテーマだが、「〇〇万円負けた」とか「〇〇万円勝った」と聞くと、驚き心配になる。別な趣味にと読書を勧めたら、「本、読んでるよ。（パチンコの）攻略本」と答えられたときには呆れた。

パチンコをするために働いているのか疑うほどだが、考えようによっては、パチンコをしなくなったら働く理由がなくなる。パチンコにのめり込むのも心配だが、働いてもらえなくなるのも困る。給料を手渡すときに「ほどほどに」というのが関の山だ。

キャバクラは優良な就職先。

田舎は人口が少ない。若者の就職先も少ない。これまで役所は、企業誘致など若者の就職先を確保しようと多額の税金を投入しているが、結果はそれほどでもない。特に大学へ進学してしまうと、卒業後の就職先はほとんどない。私の住む地域では、子供を大学へ進学させるということは、子供とはもう一緒に暮らせないということを意味する。だから、高卒で十分という考え方の親も少なくない。

そんな田舎において、キャバクラは優良な就職先ともいえる。キャバクラ嬢は、極端な言い方をすれば、18歳以上の女の子なら誰でも就ける仕事だ。いろいろな事情があって、中学すらまともに通っていなくたって、本人にその気さえあれば働ける。

同じ時間帯を働く、深夜営業のコンビニエンスストアやファミリーレストランでのアルバイトに比べると、給料は断然高い。同世代の男の子より稼ぐ子もいる。

福利厚生が充実した企業に就職することのできないシングルマザーにとっても、夜間子供を預けることさえできれば、格好の就職先だ。大げさに言えば、キャバクラは田舎の女の子たちにとって、セーフティーネットの役割もあるのだろう。

新聞で見た、ある工場のチャレンジ。

「毎週金曜日の給料日にプリントを配ります。提出してくれれば、採点して返します。提出するかしないかは強制しませんので、みなさんの好きなようにしてください」

金曜日のお店の営業が始まり、しばらくしたとき、私は女の子たちにこう言った。

私のお店では、毎週金曜日が女の子たちの給料日。前週の月曜日から土曜日までの出勤時間と指名料を合算して、現金で退勤時に手渡しする。女の子たちにとっては、待ち遠しく嬉しい日でもある。その給料を手渡しする金曜日に私は、女の子たちにプリントを配ることにした。

きっかけは、ある新聞記事だった。その新聞記事によると、その工場では従業員たちに

『簡単な計算問題』を解かせることによって、作業効率が上がり、業績も改善したということだった。

私もお店に対して、漠然とした行き詰まり感を持っていたし、そして何よりも、お店の女の子たちの将来に対して大きな不安を持っていた。何かしらの変化を期待して、女の子たちの給料日にプリントを配ることにした。


正直なところ、私のお店で働く女の子たちの半数が中学校すらまともに通っていない。『簡単な計算問題』と言ったって、どれくらいのレベルの計算なら解けるのかがわからなかった。多くの人にとって簡単な計算問題だとしても、女の子たちにとって『難解な問題』になってしまうと意味がない。少しでも難しいと、つまらなくなって続かない。参考にした新聞記事にも、『続けること』が重要だと書いてあった。

そこで私は、計算問題よりは親しみやすいだろうと考えて、まずは、漢字の読みのプリントを用意した。小学3、4年生が習う漢字だった。給料を手渡しながら、女の子にプリントを手渡す。

「約束通り、今週からプリントを配ります。答えを書いて提出してくれれば、ちゃんと採点して返します。提出しなくても、月曜日には答えを壁に貼りますので、自分で採点してください」

「えー、ホントにやるの？」

「マジで〜」

「はぁ？」

女の子たちの反応は、想像以上にさまざまで、どちらかと言えばあまりよくはない。しかし、「宿題、宿題」と、楽しそうにする女の子もいた。

私は自分自身を納得させるために、自分にこう言い聞かせた。

「続けることが目的。ここで私がめげるわけにはいかない」


次の日、お店の女の子の3分の1、数人の女の子がプリントを提出してきた。

「こんなの簡単だったよ」

と、言って笑う女の子。

「はい、これ」

と、ぶっきらぼうに手渡してくる女の子。提出の仕方はさまざまだ。

翌週の月曜日に壁に貼られた解答を、真剣な表情で自分の回答と照らし合わせ、自己採点する女の子もいた。その女の子に、「提出すれば、採点してあげるよ」と、声をかけると、「間違っていたら、恥ずかしいじゃない。だからマスターには見せない」と、プリントを自分の背中に隠した。

2〜3週間がすぎると、お客さんと女の子の話題も、自然と『プリント』のことになってきた。

女の子は、慎重に解く習慣がない。

「マスター、女の子にプリントを配っているんだって？」

常連のお客さんに声をかけられた。

「ええ、毎週金曜日の給料日にお給料と一緒に配っていますよ」

「どうして、プリントなんて配り出したの？」

お客さんに聞かれた私は、こう続けた。

「こういうお店で働く水商売の女の子たちは、『バカだから』水商売で働いているとほとんどの人たちに思われている。それが嫌なんだよ。バカだからではなくて、少しだけ勉強に興味が持てなかっただけなんですよ。やればできるんです。できるはずなんです。たぶん」

お客さんは、お店には不似合いな真剣な表情で私の話を聞いてくれた。

「それに、私が女の子のことを『バカ』っていうのはよいですけど、お客さんに女の子を『バカ』って言われると腹が立つんです」

と、言うとお客さんは、

「何だ、それ」

と、声をあげて笑い、

「プリントを俺たちにもやらせてくれよ」

「いいですよ」

こうして、お客さんもプリントを始めることになった。


毎週金曜日になると、お店のあちらこちらで、私の用意したプリントに向かうお客さんの姿が見られるようになっていった。お客さんたちも参加するようになったことで、女の子たちのやる気も続き、プリントの内容も少しずつ難しくなっていった。

漢字の読みから漢字の書き取りへ。そして、計算問題へ。計算問題は2ケタの足し算と引き算から始めた。2ケタの引き算になると、計算ミスをする女の子たちが増えてきた。算数の学習において、2ケタの引き算が一つの壁であることに気づかされた。

と言っても、**決して計算ができないわけではない。ゆっくりと『慎重に』計算すれば、間違えることは少ない。慎重に計算する習慣がないのだろう。いわゆるうっかりミスが多い。普段の仕事ぶりに共通する部分でもある。**

採点したプリントを女の子に返しながら、

「どこで間違ったか、わかる？　もう一度計算してみな」

「えーっ、もう一回計算するの？」

「そう、もう一回計算してみて」

「えーと、これがこうなって、こうでしょ……。あ、できた」

「ほらね。注意深く計算すれば、間違えないんだよ。落ち着いて計算すればいいんだ」

「うん、わかった」

しかし、女の子たちの『わかった』という言葉は、『理解した』という意味ではない。どちらかと言えば、会話を終わりにするための『終わりの言葉』のような意味合いがある。

こちらもわかったと言われれば、それ以上のことは言えない。**「本当に理解しているのか」と問い詰めたところで、女の子たちの機嫌を損ねるだけで、『続ける』ことが不可能になってしまうかもしれない**からだ。

私の欲が、女の子のやる気を奪った。

プリントを配りだして3カ月ほどすぎると、女の子たちに変化が表れ始めた。お店の営業に対して、お客さんをどう楽しませ、また来店してもらうか、どうすればお客さんを楽しませることができるか、女の子たちは以前より考えてくれるようになったのだ。

成果が表れ始めたことによって、「もう少し成果を上げたい」という気持ちと、「これぐらいはできてほしい」という、二つの『欲』が私の中で芽生え始めてきた。今思えば、始めたときの『続ける』というシンプルな目的を見失った瞬間だったかもしれない。

計算問題に『分数の計算』を取り入れてしまったのだ。報道によると、近年は分数の計算をできない大学生も多いらしい。冷静に考えれば、理解できる大学生が少ない問題をお店の女の子たちができるはずもないのだが、このときは分数の計算問題が難しいことを忘れてしまっていた。

残念なことに、女の子たちには分母をそろえる通分はもちろん、どちらが大きいかという単純な比較さえ難しいようだった。分数の計算問題のプリントを配ってしまったことによって、女の子たちがプリントを提出することができなくなった。

「どうせ解らないのなら、やりたくない」

そんな風に考えたのだろう。

私だって、できないことはやりたくない。できないことは楽しいと思えない。楽しく思えないことは『続けられない』。

私は、**私のちょっとした欲で、女の子たちの『やる楽しさ』『わかる楽しさ』『続ける楽しさ』を奪い取ってしまった。そのことに気がついた私は、プリントの内容を見直してみたが、ときすでに遅し。一度失ってしまった女の子たちの『楽しさ』を、再び呼び起こすことはできなかった。**

続けられた女の子に起きた奇跡。

女の子たちから楽しさを奪い取ってしまった罪悪感を持ちながらも、それでも私はプリントを配り続けた。プリントを配り始めて以来、毎回プリントを提出してくるM美がいたからだ。M美は、日中仕事を持ち、1週間に2回ある自分の休日の前日に出勤する女の子。いわゆるアルバイトの女の子だった。

私がプリントを配り始めて半年が経ったころから、M美の様子が変わり始めた。

「マスター、私ね、資格試験を受けようと思うの」

お客さんが途切れ、少し手の空いた私に、M美が話しかけてきた。

「え？　資格試験？」

「そう、やりたいと思うことができて、それをやるための資格」

「そう、すごいじゃん。頑張りなよ。その資格試験って難しいの？」

「うん、まあ……。でね、マスター。資格試験に合格してやりたいことができるようになると、今までのようにはお店に出てこれなくなっちゃうんだよ。それでもいい？」

「困るけど、M美ちゃんが挑戦したいことなんでしょ？　仕方ないんじゃないかな」

正直なところ、週末に女の子に休まれるのはお店の営業としてはかなり痛い。でも、女の子の将来を考えると、喜ばしいことでもある。

「M美ちゃん、どうしていきなり資格試験を受けるなんて考えだしたの？　うちでの仕事ぶりを見ている限り、キャリアアップを目指すような女の子には見えないけど」

「ひどいこと言うね。マスター」

「ごめん、ごめん。だってうちで働きだしたのだって、昼の仕事の休日前の空いた時間に少しだけ働いて、小遣いを稼ごうって感じだったでしょ」

「えっ、マスター、知ってたの？」

「何年この仕事してると思ってんの？　一〇〇〇人ぐらいの女の子を面接しているんだよ」

「そう、そんな軽い気持ちで働きだしたの」

「それが、どうして資格試験を受ける気になったの？」

「マスターが毎週くれるプリントをやっているうちに、勉強してみようかなって気になってきて、これからのことも考えるようになって。しばらくしてやりたい仕事が見つかって、その仕事をするためには資格が必要だから、試験を受けることにしたの」

「そうなんだ。プリントがきっかけになったんだ。だったら嬉しいな」

数カ月後、努力の甲斐があって、M美は資格試験に合格した。

どうすれば、続けられるか。

よく『継続は力なり』という言葉を耳にする。継続できた唯一の女の子、『続けること』ができたたった一人の女の子が、キャリアアップという成果を上げることができた。

大きな成果を出したり目標を達成したりするには、とにかく『続けること』が重要だ。『続けるため』には『楽しむ』ことが必要で、『楽しむ』ためには『できる』という小さな成功体験がなければならない。こうした法則のようなものを、女の子たちにプリントを配ることによって実感した。

つまり、『続ける』とは『できる』という成功体験を積み重ねていくことなのだ。だから、思いがけないほど単純だってかまわない。誰もができる簡単なことでもかまわない。『やればできる』の積み重ねが『楽しさ』になり、『続けること』ができる。

そして、やがてはそれが『習慣』になり、身につく。身につくことによって目標を達成し、大きな成果をもたらしてくれる。

M美は例外だった。私は自分の欲を出して、ほとんどのお店の女の子たちから『続けること』、『できる』という成功体験を得るチャンスを奪ってしまった。

第4章

私ばっかり、叱られるのはイヤだ。

叱られただけで、辞めていく子たち。

どんな女の子が人気なのか。

店内を見回すと、私が一番年上なことに驚く。お店の女の子は10代から30歳ちょっと、平均年齢20代後半。お客さんは、30代が中心だ。

最近は、20代のお客さんが激減しているように見える。『失われた20年』と言われて久しいが、お店にとっては『失われた20代』だ。その年代の男の子たちはお酒を飲まなくなったように思う。飲んでも色鮮やかなアルコールの少ないお酒が主流。それほど給料も高くなく、『草食化』が進んで、女の子にあまり興味を持っていないから、私のお店のようなところには出掛けないのかもしれない。

40代になると家庭持ちも増え、お金が自由にならなくなる。そして、その上の年代、私より年上の人たちは健康上の理由でお酒を控えるようになる。だから、元気があってお金がまだ自由になる30代のお客さんが多いのだろう。あくまでも私の想像だが、それほど外れてはいないはずだ。

私のお店のお客さんは、ほとんどが常連客だ。週に一度も来店していただけないと、心配になる。夜の世界で働く女の子は美人だと思われがちだが、都会の「一見さん」が多いお店では、美人であることが重要条件であるだろうが、私のお店のように常連客がほとんどのお店では、美人だからといって人気者になれるわけではない。

明るく活発な女の子、よく笑い表情豊かで、聞き上手な女の子が人気者になる。話し上手より聞き上手のほうがモテる。また、人気者になる女の子は、会話の中でのお客さんへのさりげないボディタッチが上手い。いやらしく感じない、親しみを感じさせるボディタッチ。距離感が絶妙なのだ。

努力や経験で身につけられないものではないが、どんなお客さんにも分け隔てなくできるのだから、やはり天性の感覚なのだろう。しかし、お客さんの好みは千差万別。ときには、その日の気分によって、好みの女の子が変わるお客さんもいるから悩ましい。

リーダー役の女の子は大変。

「間違ってもいいから、やってごらんよ」

私が言うと、Y子は不安そうな表情で私の顔を見つめながら、

「でも、間違ったら怒られるじゃん」

「怒らないよ」

「絶対に？」

「たぶん（笑）」

私のお店では、お客さんに対してどの女の子に担当してもらうかは、リーダー格の女の子が指示をする。お客さんが満足するか満足しないかは、担当する女の子によって大きく変わってくる。むしろお客さんと女の子の相性さえ合えば、お客さんはほとんど満足する。お客さんの担当を指示することは、お店の売り上げをも左右する重要な役割なのだ。

正直なところ、お客さんに女の子の好みがあるように、女の子にもお客さんの好みがある。お客さんの好みと女の子の好みとの狭間で、思い悩む場合もある。思い描いた通りにお客さんと女の子を満足させることができたときには、大きな喜びを感じ、やりがいも大きい仕事だ。


私は、重要なこの仕事をY子に担当してもらうことにした。

「うまくできるかな……」

「うまくできるかなって、最初からうまくいくことはないと思うよ。でも、やってみないとできるようにはならないから。はじめのうちはうまくいかなくても、間違ってもいいいからやってごらんよ」

「うん。でも……」

「でも?」

「間違ったら、マスター怒るんじゃん」

「怒らないよ」

「ホント?」

「本当に」

「30分を目安に女の子たちに移動してもらうから、仮に相性が悪いお客さんにあたったとしても、30分辛抱してもらえばいいんだよ。まっ、お客さんも辛抱かもしれないけど(笑)」

「うん、わかった。私なりにやってみるね」

「マスター、こんな感じでいいかな?」

私のお店では、ホワイトボードとマグネットを使って、女の子たちがどのテーブルを担当しているか、一目でわかるようにしている。

「いいんじゃない」

「よし！」

Y子は得意げに返事をし、続けた。スジがよかった。私が思っていた以上に、呑み込みが早い。

私のお店は時間制。テーブルの数は10を超える。女の子も十人以上が出勤し、週末ともなれば、満席になることもある。ホールの状況を見極めながら、女の子たちに移動の指示をすることは、かなり難しい仕事になる。女の子たちも、接客しているお客さんとの会話を遮って、すぐに移動するわけにもいかず、すべての女の子たちが指示通りに移動できないことも多いので、ストレスもたまる。

「マスター、R香ちゃんがすぐに動いてくれないよ」

リーダー役になって数日がすぎ、女の子たちに指示をする役割にも慣れてきたY子が、可愛らしい顔を台無しにした険しい表情で調理場に駆け込んできた。

「どうした？」

「R香ちゃんの移動が遅いの、何度も声をかけているのに」

「しょうがないなぁ。R香ちゃんがこっちに来たら、はやく移動するように言っとく」

「お願いね、マスター。あー、イライラする」

言いたいことを言い終えると、Y子はホールへと戻っていった。


しばらくすると、Y子は調理場へ戻ってきた。

「マスター、R香ちゃんにちゃんと言っといてくれた？」

「まあ、そんなには強くは言えないけど、はやく移動するように言っておいたよ」

「でも、どうしてはやく移動してくれないんだろう」

「お客さんとの話が盛り上がって、席を立つタイミングが取りづらいんじゃないかな」

「わかっているよ。そんなの、みんな同じじゃん」

「そうだね」

一人の女の子がテーブルからの移動が遅くなると、テーブルを移動する女の子たち全員に少なからず影響が出てくる。几帳面な性格のY子は、自分の役割をきちんと成し遂げたいという気持ちが強い。

テーブルの移動が遅くて、複数の女の子たちに迷惑をかけるR香に対して、腹立たしい思いを持ち始めたようだった。

もうやっていられない！

たしかにR香の移動の遅さは、私のお店でもワースト1だ。周りにほかの女の子がいないときを見計らって、R香に話をした。

「R香ちゃん、ちょっとR香ちゃんはテーブルからの移動が遅いんだけど、指示は聞こえているのかな？」

「声がかかっているのはわかっていますよ。私、そんなに移動が遅いですか？　みんなと変わりませんよ」

R香は、自分の移動の遅さに自覚がないようだった。

「そんなこと言ったら、E子ちゃんだって遅いじゃないですか」

「まあまあ、そんなこと言ったらキリがないから、R香ちゃん自身の移動がはやくなるように気をつけてくれればいいから」

「……」

思いがけず、私に注意をされたR香は、不機嫌そうにホールへと出ていった。私に注意を受けたことで数日間は、以前よりはテーブルを移動することが少しははやくなったR香だったが、1週間がすぎるころには、それまでと同じようになっていた。

「もう、私やってられない」

Y子は、髪を掻きむしりながら、更衣室へ駆け込んだ。あまりにも普段とは違う様相に、私も驚き調理の手を止めてY子の後を追った。

「ちょっと落ち着いて、話を聞かせて」

「もう、私ばっかり……」

「私ばっかり、って？」

「ちゃんと移動してくれない女の子がいるせいで、私ばっかりがイライラして……」

「それは……」

私がY子に声をかけようとすると、Y子が声を張り上げた。

「マスターはこうやって私にばっかり注意して、ほかの女の子には注意しないじゃない。R香にだって注意してくれるって言ったのに、注意してくれてないじゃない」

「いやいや、R香ちゃんには注意したよ」

「注意したって言ったって、全然変わってないじゃない。それでもマスターは何も言わないじゃん。私ばっかりみんなにいろいろ気を遣って、バッカみたい」

Y子が発した言葉でY子の気持ちを理解すると、私は言い返すことができずにY子の顔を見つめるだけだった。

「ずいぶん、嫌な思いをさせてしまったようだね。ごめんね」

「……」

Y子は、何も言わずカバンの中から携帯電話を取り出した。

「もう一度、R香ちゃんに話をするから、もう少し時間をちょうだい」

「……」

「でも、話をしてもR香ちゃんは、これからも変わらないかもしれないね」

「……」

Y子は、私の話を聞いてはいるのだろうが、無反応で携帯電話をいじり続けた。しばらくして、Y子がポツリと言った。

「それじゃ、意味ないじゃん」

「う〜ん、変わらないってことで言えば、たしかに意味がないのかもしれないね。でも、女の子はR香ちゃんだけではないし、ほかの女の子はY子ちゃんを頼りにしているわけだから、Y子ちゃんは今まで通りに仕事をしてくれればいいと思うけどな」

「今まで通りって、言ったって……」

「今まで通りでいいと思うよ。ただ、仕事をしていて、すべてが自分の思い通りになるということはないから､思い通りにならなかったときにどうするか。その度に腹を立てたり、怒ったりするわけにはいかないでしょ。そのときにY子ちゃんがどうするか、どう対応するかは考えていかなくちゃならないと思うよ」

「そんなこと言ったって……」

「すぐにできることではないかもしれないけど、Y子ちゃんのこれからのためだし、Y子ちゃんならできると俺は思うけど」

「何だか、うまいこと私を丸め込もうとしてない？　マスター」

「バレた？」

「やっぱ、そうなんだ」

「違うよ。たぶん」

私と話をしたことで落ち着きを取り戻したY子は、いつもの可愛らしい表情に戻り、手にしていた携帯電話をカバンの中に放り投げ、ホールへと戻っていった。

女の子の「私ばかり」という意識。

このときは、何とかY子の気持ちをなだめることができたが、問題が根本的に解決しているわけではなかった。これからも同じようなことが起こらないとも限らない。翌日、私はR香に時間を作ってもらい話をした。

「R香ちゃん、2週間ぐらい前にも言ったけど、もう少しテーブルからの移動をはやくしてもらえないかな？」

「はやくなったはずですけど……」

「う〜ん、この前に話をして、すぐのころはたしかに、はやくなっていたと思うけど、このごろはまた遅くなっちゃったように思うな」

「そうですかぁ？」

「そうだね。R香ちゃんも俺に注意された直後は意識的に気にしているから、はやく移動できていたんだと思うけど、しばらく経っちゃうと遅くなっちゃうんだろうね」

「そんなことありませんよ。いつも気にしています」

R香は言葉を強めた。

「まあまあ、R香ちゃん、怒らないで聞いて。俺が注意をした直後は、ちゃんとはやく移動できるのだから、はやく移動できないわけではないよね。気にかけていればできるってことだよね？」

「まあ……」

「ということは、いつも気にかけるように、R香ちゃん自身が意識すればよいってことじゃない？」

「そう言われればそうですけど……」

「だよね。だったら、やっぱりR香ちゃんが何とかするしかないんじゃない？」

「私が何とかする？」

「そう、R香ちゃんがなんとかする」

「どうやって、ですか？」

「R香ちゃん自身が、自分は移動が少し遅いってことを自覚すること、かな」

「自覚ですか……。そんなに遅いですか？」

「遅いことが多い、かな」

「そんなに遅いんだ……。みんなと変わらないと思ってた」

「まあまあ、そんなに落ち込まなくてもいいよ。やればできること、少しだけ意識を変えればできることだから」

「……」

「R香ちゃんならできるから、やってごらんよ」

「わかりました。でも、どうして私だけ注意を受けるんですか？」

納得したというには程遠い顔で、R香は返事をした。

「いや、R香ちゃんだけってことはないよ。それぞれの女の子に同じように注意をしているよ」

「本当ですか？　Y子ちゃんは全然怒られていないのに、私だけマスターに怒られているような気がしますけど」

「そんなことはないよ。Y子ちゃんだって、E子ちゃんだって、同じくらい注意しているよ」

「そうですか……」

R香は仏頂面で、ホールへと戻っていった。

R香だけではない。Y子も同じだが、**女の子たちは注意を受けると、自分だけが注意さ**

れていると思うようだ。女の子に注意をするときには、できるだけ周りにほかの女の子たちがいないタイミングを見計らっているので、自分以外の女の子が注意を受けている姿を見ることが少ないからだろう。

女の子によって、注意を必要以上に重く受け止めたり、それほど気にしなかったりと、受け止め方が違うため、注意するときの口調を女の子の性格によって変えているせいもある。注意が一度で済む女の子、同じことで何度も注意を受ける女の子がいる。どちらかと言えば、同じことで何度も注意を受ける女の子のほうが多い。そんな女の子からすれば、『私ばっかり』という気持ちになっても、仕方がないのかもしれない。

女の子は、うまくいった経験がない。

私のお店のような夜の世界で働く女の子たちは、目標を達成した、何かを成し遂げたといった『成功体験』が少ない。だから、『自信』を持てない女の子が多い。

注意を受けたり、嫌なことがあると女の子はさらに自信をなくし、仕事が手につかなくなり、お店を休んだり、お店を辞めていったりもする。そんな女の子たちは、自分自身が今まで経験したことのないことや苦手なことに挑戦することが少ない。

女の子たちは、『うまくいく』『成功する』という経験が少ないので、新たなことに挑戦しても、そういったイメージが持ちにくい。人並み以上に不安になっても仕方がないのだ。実際、お店の中でも、新しい仕事や役割を与えると、女の子は不安そうな表情で私の顔を見つめる。そんなとき、私はその女の子に必ず言う。

「失敗してもいいから、やってごらん」

子供たちも同じだ。

小さな成功体験があるだけで自信が持てるようになる。

やればできるようになる。

「ねぇ、マスター、R香ちゃんの移動がまた遅いんだけど」

「えー、また?」

「しょうがないか。でも、前よりははやくなってきたかな」

Y子は、以前よりも可愛らしく笑った。

第5章

話さないと人間関係がダメになる。

こうして、父親がウザくなる。

面接でやる気マンマンな子は、仕事ができない。

「やる気マンマンな子は、ほぼ使えない」

これまでの経験から確信している。妻も同じように言うので、間違いないだろう。

入店前の女の子との面接で、明るくハキハキし、やる気があって、印象が良い女の子のほとんどは、失礼だが仕事ができないことが多い。

面接での印象がよいことで、期待してしまうのだが、どちらかと言えば、面接で不安そうだったり、自信がなさそうだったりする女の子のほうがお客さんにも人気が出る。

新しいお店で働くということは、今までの経験が役に立たないことも多い。正解は真逆のことだってあるはずだ。やる気があって面接での印象が良い女の子は、自信があるだけに、自分の経験を生かそうとする。自分のやり方を持っている。しかし、それがすべてに当てはまるわけではない。

一方、面接での印象があまり良くない女の子は、少し時間はかかるが、お店の雰囲気に慣れさえすれば力を発揮する。不安だから、こちらの指示を素直に聞き入れる。言い換えれば、謙虚なのだ。「東大生は使えない」というようなことを耳にするが、同じように「謙虚さが足りない」と言えるのかもしれない。

しっかり仕事ができる女の子、そうでない女の子を見分けるのは、わりとカンタンだ。一番わかりやすいのは、使ったフキンを元の場所に戻せるか、戻せないか。使ったものを元の場所に戻せる女の子は、仕事の呑み込みがはやい。対して、使ったものを片付けられない女の子は遅刻が多く、生活習慣が乱れがちだ。使ったものを片付けられれば、探す必要がない。モノを探す時間ほど無駄な時間はない。それがわかっているかいないか。『一事が万事』ということなのだろう。

「アレ・コレ・ソレ」で会話が成り立つ危険。

お客さんに人気がある、人気がないにかかわらず、最近の女の子たちには「きちんとした話し方ができない」という特徴がある。たとえば、こんな会話が成り立っているから恐ろしい。

「コレ、どうしたらいいですか？」

「ソレは、アレに片付けて」

営業が終了し、片付けが始まったときの、新人の女の子とリーダー格の女の子の会話だった。私のお店では、営業時間内にお店の女の子たちが洗い物や掃除などをすることはほとんどないが、営業時間が終わると「1分でも早く帰りたい」私と、女の子たちの考えが一致するため、洗い物や従業員専用トイレの掃除を女の子が手伝ってくれている。

入店したばかりで、お店の事情がわからない女の子には、先輩の女の子が道具の位置や手順などを説明し、教える。後日、新人の女の子が後片付けをできなかったり、手順が違っていたりすると、教えた先輩の女の子が呼び出されて私に注意を受けるので、教える側も必死だ。残念なことに、最近は新人の女の子たちの覚えが悪いのか、先輩の女の子が注意を受ける機会が多くなっている。

「最近新しく入店する若い女の子は覚えが悪いな。そういう世代なのかな……」

と、思っていたら、実はそうではないらしい。

「N子さん、コレってどこに返せばいいですか?」

入店したばかりのS美が、お客さんが帰ったテーブルを片付けながら、リーダー格の先輩N子にたずねた。

「あ、ソレね、アレの上に置いてくれればいいから」

「アレの上ですね」

その会話を耳にした私は、すぐにS美に質問した。

「S美ちゃん、アレの上って、どこの上なのか、わかったの？」

するとS美は、困ったような顔で、

「……」

無言で首をかしげた。

「やっぱり……」

私が心配していた通りだった。『アレ』だけの説明で、理解できるはずがない。

「N子ちゃん、S美ちゃんがわかっていないようだから、ちゃんと教えてあげて」

「えっ、ちゃんと教えていますよ」

「そうなの？　じゃあ、もう一度教えてあげてくれるかな」

「だから、奥のアレの上に置いてね」

すると、S美は、

「はい」

と、返事をした。

「S美ちゃん、はいって……。本当にわかったの？」

私が聞き返すと、S美は再び無言で首をかしげた。

「ほら。N子ちゃん、ちゃんと説明しなきゃ、わからないよ。アレの上って、アレって何？」

「あ～、そういうことか」

「そ、そういうこと」

「まだ入ったばかりのS美ちゃんにアレって言ったって、わかりませんよね」

「いや、入ったばかりでなくても、わからないと思うよ」

「S美ちゃん、アレっていうのは、奥の更衣室の棚のことね。更衣室の棚の上に置いてくれればいいから」

「はい。わかりました」

やっと理解でき、安心した様子で、S美は笑顔で返事をした。

コミュニケーション能力の高い子は少ない。

私は、お客さんの入店がなく、待機している女の子たちの会話に聞き耳を立てた。

「そういえば、アレってどうなったの？」

「えー、アレですか？　アレはうまくいったみたいですよ」

「そうなんだ。よかった。じゃあ、アッチはどうなの？」

「ソレって、アレですよね。アレはあんまりよくないですね。アレよりコレのほうがいいみたいですけど……」

その会話が途切れたところで、私は思わず会話に割って入った。

「アレとかソレとかコレしか会話に出てこないけど、お互いにわかって会話しているの？まるで昭和の親父みたいな会話だな」

アレやソレだけの会話に、国民的長寿アニメの主人公のお父さんとお母さんの会話を思い出した。

すると、女の子は、

「もちろん、なんとなく、わかってますよ」

と、声をそろえた。

「えっ？　会話なのになんとなくわかる程度でいいんだ？」

困惑した私の言葉に、女の子たちは不思議そうに顔を見合わせた。

仕事柄、酒に酔ったお客さんに対応する機会の多いお店の女の子たちはコミュニケーション能力が高そうだが、私の印象では、コミュニケーション能力が高い女の子は、それほど多くない。最近は年々、コミュニケーション能力がそれほど高くない女の子が増えているように思う。その女の子たちに共通するのは、会話の中に『アレ・コレ・ソレ』が多いということだ。

もっとハッキリ言えば、『アレ・コレ・ソレ』で会話が成り立っている。私には会話が成り立っているとは到底思えないのだが、女の子たちの間ではそうでもないらしい。

女の子たちの会話に興味を持った私は、より一層女の子たちの会話に聞き耳を立て、気になったことは、その都度女の子に質問するようにした。意地悪なマスターの本領発揮である。新人教育はリーダー格の女の子の仕事。お客さんが帰り、テーブルの後片付けをしながらN子が新人のS美にテーブルのセッティングを教えていた。

「洗い物を調理場へ下げてテーブルを拭いたら、コレとコレを持ってきて、ココにこうして置いてください。灰皿はココね」

「はい」

「わかった？」

「はい、わかりました」

そのやり取りを見た私は、すかさず新人のS美に質問した。

「S美ちゃん、今の説明で本当にわかったの？　次から一人でできないと困るよ。もし、S美ちゃんが次にできないようだったら、教えたN子ちゃんの教え方が悪いってことになるから、N子ちゃんを怒るよ」

「えーっ！」

私の言葉に、S美は目を丸くして驚いた。

「ちゃんと教えてもらいなさい。いつも言っているけど、N子ちゃんもコレとかココとかじゃ新人さんは理解できないから、一つひとつ面倒がらずに理由も含めて説明してあげなくちゃだめだよ」

N子は私に注意されたことで、少し不機嫌そうな表情を見せたが、S美に対しては笑顔を見せて、もう一度一緒にテーブルに戻り、説明を始めた。

「コレって言うのは、コレね。あっ……」

N子は、ハッとして私の顔を見つめ、舌を出した。

「N子ちゃん……」


日ころから、『アレ・コレ・ソレ』を多用している会話に接しているせいか、私とでも会話が成立してしまうことも多い。それだけ女の子たちと意思疎通ができていると喜ぶべきなのだろうか。

お店の中ばかりが生活の場ではない。普段から同じような会話をしているのか気になった。もし、日常的にもお店と同じように『アレ・コレ・ソレ』だけで会話をしているとすれば、恐ろしいことだ。

お父さんと話すのが面倒くさい。

お客さんが途切れ、手の空いたN子が調理場へやってきた。

「N子ちゃん、普段から『アレ・コレ・ソレ』ばかりを使った会話をしているの？」

「えー、そんなこと気にしたことない……。普通に話しているだけだし……」

「そうなの、普通に会話しているだけなんだ」

「そう……。でも言われてみれば、『アレ』とか『コレ』とか多いかな……」

「普段はどんな人と話をしているの？」

「どんな人と話をしているかって、友達でしょ、家の人、それから……」

「お店の女の子とはどうなの？」

「お店の女の子とは、会えば話はしますけど、ＬＩＮＥで済ますことが多いかな」

「ＬＩＮＥか」

「そう、ＬＩＮＥ。あっ、友達ともＬＩＮＥのほうが多いかも」

「そしたら、お店に来るまで誰とも話をしないってこともあるんじゃないの？」

「まっ、そんな日もありますね」

「家でも会話しないってこと？」

「うーん、お母さんとはしますよ、会えば」

「会えばって……。じゃあ、お父さんとはどうなの？」

「お父さんですか？　会ってもほとんど話はしないかな」

「えっ、お父さんとは話さないんだ。どうして？」

「どうしてって、面倒だから」

「何が面倒なの？」

「何が面倒って、お父さんと話をするときには一から説明しなきゃならないから、面倒くさいんだもん」

「そうなんだ」

「そう、一から説明しなきゃならないし、説明してもわかってくれないし、終いには怒り出すし……。最悪」

「そうか、お父さんと話すことは最悪なんだ」

「最悪っていうか、会話にならない」

「じゃ、お母さんとだと最悪にはならないの？」

「お母さんとは、いちいち説明しなくても会話になるもん」

「そうなの？　お母さんもわかってないんじゃないの？」

「わかってないこともあるけど、お母さんは説明すれば、だいたいわかってくれるから」

「じゃ、お母さんとの会話は『アレ・コレ・ソレ』で成り立つってこと？」

「成り立つっていうか、普通に会話できますよ」
「お父さんは、仲間外れってことだ」
「えっ？　そんなことないですよ」
バツが悪そうな笑顔を見せて、N子は去っていった。

会話が減ると、人間関係が悪くなる。

女の子たちの会話に『アレ・コレ・ソレ』が多用されるようになったのは、核家族化や携帯電話、ＳＮＳの普及によって、会話の機会が少なくなってしまい、家族同士が自分の気持ちを素直に表現していないことも一つの原因だろう。

さらには、会話の相手が家族や友人などごく身近な少数の人間であり、話題や会話の中に登場する人物も少なく限られたものであるため、会話の中で一つひとつを説明することがなく、**すべてのことを共通認識として『アレ・コレ・ソレ』に置き換えられても、会話が成り立ってしまう。**

こうした状態が続くと、共通認識の少ない人との会話力は極端に落ちていくはずだ。第三者だけでなく、母親に比べて子供たちと接する時間が少ない父親との会話も、不調になっ

てしまうに違いない。そして、会話の不調が続くことによって、人間関係、親子関係は悪化していく。

社会ではコミュニケーション能力が重要だといわれるが、重要なのは意見が対立したとしても、相手の話に耳を傾け、お互いが理解できる言葉を探しながら自分の考えや気持ちを伝えて、会話を不調に終わらせないことのように思う。

私のお店でも、お客さんを楽しませるためにはコミュニケーション能力が重要となるが、女の子たちとお客さんの共通認識はそう多くはない。女の子たちと共通認識の少ないお客さんを楽しませるためには、普段の会話で『アレ・コレ・ソレ』が多用されないほうがよいはずだ。『アレ・コレ・ソレ』を多用した会話で育ってきてしまった女の子たち。そう簡単にはいかないのも現実なのだろう。

ある日、私は出勤した女の子たちにこう告げた。

「これからは、『アレ・コレ・ソレ』を使わないで会話をするようにしてください」

その後、忙しくなってきた店内から、調理場に入ってきた女の子がこう言った。

「マスター、アレってどこにあるの？」

当店のコミュニケーション能力は、なかなか上がらない。

子供は、ただただ親に愛されたい。

私が会ってきた一〇〇〇人の女の子たち。

女の子たちは、決して能力自体が低いわけではない。その多くは、『愛された』という実感がないから、『自信が持てずにいる』。そして、ほんの少し不器用なだけだ。そんな女の子たちだって、具体的にわかりやすい言葉で説明してやれば、その能力を発揮する。発揮したいという気持ちだって持っている。

女の子との触れ合いのなかで感じた次のことは、『子育て』にも共通していると思う。

どんな子でも、簡単なことなら続けられる。

続ければ習慣になり、「やればできる」と自信が持てる。

褒めてやれば、自信はもっと大きくなる。

自信を持てば、新しいことにも挑戦できる。

子供も大人も、基本は同じだ。

みんな褒められたい。私だって、褒められると嬉しいし、やる気も湧く。

それに、みんな人に愛されたい。一番褒めてほしい相手、一番愛してほしい相手は、ほかの誰でもなく親だ。

どれだけ親子関係がうまくいっていない女の子でも、口では「親なんてどうだっていい」「親はうざい」「親なんて死ねばいい」などと悪態をついていても、心の奥底ではその親に愛されたい、話を聴いてもらいたいと願っていると私は思う。

そういう私は、親から愛された経験が乏しい。

私の話をちゃんと聴いてくれた唯一の大人は、父でも母でもなく、祖母だった。

ここからは、私の親との親子関係、そして息子と私の親子関係について聞いていただきたい。

第6章

また、親に裏切られた。

大人はウソをつく。

父が出ていった日のこと。

小学3年生になったばかりのでき事だった。夕方自宅に帰ると、廊下に見慣れないテレビが置いてあった。

箱にも入ってはいず、ビニールで梱包されてもいない、子供ながらにも一目で使い古されているとわかる、小型の赤いテレビだった。そのかたわらで、母がカーテンにしがみ付きながら泣き崩れていた。私が帰宅したことに気がついた母は、泣きながら言った。

「パパが会社を辞めて、家を出ていったんだよ」

たぶん、こういったのだと思う。

泣きじゃくりながら発した母の言葉を、よく聞き取ることができなかった。ただ、見慣れない小型のテレビが廊下にあったことで、いつもと違うでき事が起きたのだろうと察した。父が家を出ていったということよりも、目の前で母が泣きじゃくっていることが悲しくて、わけもわからず私も泣いた。

この日から、私の生活環境が少しずつ変わっていった。行き場を失った小型のテレビは、祖母の部屋に置かれることになった。

父は、飲料販売会社で営業として働いていた。

自宅の隣町の支店で働いていた父は、働きぶりが認められて、自宅から1時間以上離れた本社で働くようになった。私が小学校に入学する少し前のことだったと思う。しばらくして課長になった父は、

「中学しか出ていなくて、管理職になっているのは、パパだけなんだぞ」

と、教えてくれた。私はそんな父を誇りに思っていたし、大好きだった。その当時の私の将来の夢は、父の働く飲料販売会社の社長になることだった。

父と母、私と一つ違いの弟、そして、祖母。何不自由なく暮らす幸せな家族だった。

父も、父親の愛を知らなかった。

私は、父が23歳になる年、母が20歳になった年に長男として、戦死した祖父（父の父親）の命日に生まれた。

父と祖母にとっては、運命的に感じたはずだ。さらに父は、祖父が戦死した3カ月後に、中国の北東部で生まれている。相当な苦労をして、日本に引き揚げてきたと当時を振り返って、祖母が話してくれたことがあった。

だから父は、自分の父親の顔も知らなければ、父親の大きな手に抱かれたこともなかった。そんな運命の日に私が生まれたのだから、相当嬉しかったに違いない。私が幼いころは、父の休日にはキャッチボールをしたり、洗車の手伝いをしたり、父に可愛がられていると実感していた。

ときには、父の相手を弟と取り合ってけんかするほど、私は父が大好きだった。まさか父が私たちを棄てて、家を出ていくなんて、想像することさえなかった。

母は東京都の生まれで、四人兄弟の末っ子だった。幼いころは養女に出されていたとも聞かされた。当時、田舎暮らしの家ではめずらしいホットケーキを焼いてくれたり、ハンバーグを作ってくれたりと、料理好きの自慢の母だった。

でも、早口で少しせっかちで、私たちを急かすところが嫌いだった。隣町にパートに出ていたが、父が家を出て間もなく、近所にできた保育園で給食の準備をする給食のおばさんとして働くようになった。

祖母は、ぜんそくを患っていた。季節の変わり目や冬の朝には、発作を起こすことがあり、呼吸も困難なほど咳き込んで辛そうだったが、愚痴もこぼさず優しいおばあちゃんだった。料理が得意で、近所でお祝い事があると、いつも駆り出されていた。普段は、近所の商店へ手伝いに出ていたので、両親が共働きだった私たち兄弟は、祖母の働く商店が居場所となり遊び場となった。

商店のレジの前に座り、お釣りの計算や広告の文字をまねて、ひらがなを覚えた。ときには、梱包の段ボールを積み重ねて、弟と秘密基地を作ったりした。

当時流行りだしたカラオケが好きで、近所の人たちを集めてカラオケ大会を開くほど、歌が好きな明るい人だった。

親が別れたら、子供はこうなる。

父が家を出ていったことによって、私たちは、母、祖母、弟との四人暮らしになった。かといって、父は単身赴任で家を留守にしていたので、私はとくに寂しさを感じることはなかった。

ただ、母だけが以前にも増して、ヒステリックになっていった。やがて、父が母とは別の女性と一緒に暮らしていると聞かされて、母がヒステリックになるのも、子供ながらにわかるような気がした。父がいなくても、母がいればよいとも思えた。むしろ母の力にならなくては、とさえ思っていたのかもしれない。

しばらくして、父が一緒に暮らす女性と、飲食店を始めると母から聞かされた。ある日、母はどこからか手に入れた父が始めた飲食店のチラシを持って帰ってきた。そして、そのチラシにある電話番号をダイヤルし、

「誰かが出たら、パパに代わってもらいな」

と、言って受話器を私に渡した。父が電話に出ると、

「お店の名前は何て読むのって、聞きなさい」

と、母は私に耳打ちした。ひらがなをデザインした店名だったが、私には十分読み取れた。しかし、目の前の母に嫌われるのが嫌だったので、耳打ちする母の気が済むまで、母の言う通りに父と話した。

私自身悲しいことだったが、それ以上に母のことがかわいそうだった。

小学校高学年になると、2カ月に一度、父のもとに生活費をもらいに行くのが私の仕事

になった。放課後、自宅とは逆方向の路線バスに乗り、さらに路線バスを乗り換えて、隣町の路線バスの終点へ。

そこから父親が始めた飲食店まで、一人で歩いた。路線バスを乗り継いで、終点に着くころには、あたりは薄暗くなっていた。真っ暗になり、街灯以外明かりのない見知らぬ街を一人で歩くのは不安だった。寂しかった。

20分ほどでたどり着く父親のお店も、営業前で真っ暗だった。開店当初は日中も営業していたはずだったが、いつからか夜の営業だけになっていた。携帯電話もない時代で、父と連絡を取ることもできず、ただお店の前に座って、父が来るのを待つだけだった。

時間が経つにつれて、「お店が休みだったらどうしよう」「パパが来なかったらどうしよう」と、心細くなった。時間が長く感じられた。いつも1時間は待っていただろう。父がお店に現れると嬉しくて、涙があふれた。

父は私に食事をさせてから、生活費を渡し、私をタクシーに乗せた。生活費はなくさないようにと女性もののストッキングに入れられ、私の身体に縛り付けられた。見送られながらタクシーに乗ると、父とすごす時間が終わる。タクシーの窓越しに見る手を振る父の姿は、どこか他人のようで、言い表せない複雑な気持ちだった。

残された母に、嫌われたくない。

私の誕生日が近い夏の日、父のもとへ生活費をもらいに行くと、父は「誕生日プレゼントだ」と言って、私に腕時計を買ってくれた。当時発売されたばかりの、デジタル式の腕時計だった。小学校の担任の先生と同じ腕時計で、とても小学生が持つような腕時計ではなかった。

今思えば、『日ごろの罪滅ぼし』といった意味合いもあったのかもしれない。父は小学生には不似合いな高価なものを、私に買い与えた。箱から取り出し、すぐに腕につけた。私は飛び跳ねるほど嬉しかったし、誰かに見せて自慢したかった。帰宅したらすぐに母に見せよう、そう思いながらタクシーに乗った。

家につくのが待ち遠しかった。帰宅して得意げに父に買ってもらった腕時計を見せると、母は私の想像とは違った反応をした。

「そんなものを買ってもらって、自分ばっかりがいい思いをして……。おっさんにうまいことごまかされているのがわからないのかね」

父に腕時計を買ってもらったことが『いけないこと』のように、母に責められた。「誕生日に、いいものを買ってもらえてよかったね」くらいのことは言ってくれると期待した私は、母の言葉に悲しくなった。

腕時計を使うことさえ『いけないこと』のように感じられ、母の前では腕時計を使うことはなかった。母に嫌われたくない。母の機嫌を損ねてはいけない。当時の私には、それが一番重要なことだった。


早口でせっかちな母だったので、私たち兄弟には「はやく、はやく」が口グセだった。私は母のその口グセが嫌いだった。すべてが母のペースになり、何をするにも「はやく、はやく」と急かされた。急かされると、物事が中途半端になることが多くうまくいくことが少ない。さらにうまくいかないことがあると、母に叱られた。

叱られると自信が持てず、また失敗につながる。そんなことの繰り返しだった。そして、失敗するたびに「お兄ちゃんなんだから、しっかりして」と言われた。私も母の言葉通りに、「しっかりしなくてはいけないのだ」と自分に言い聞かせた。


母、祖母、弟と私の四人での生活が続いて、私は中学生になった。

母はヒステリックを起こさなければ、とてもよい母親だった。しかし、このころから『今後のこと』という言葉が、私に身近になってきた。今後のことについて、母の東京の実家から母のお兄さんが父と話し合いに来ることが多くなってきたからだ。

当時の私にとって、『今後のこと』は漠然とした言葉で、どんな意味があるのか理解できていなかった。

次第に「もしかしたら、父と母は離婚するのかもしれない」「もし離婚したら私たち兄弟はどうなるのだろう」、そんなことを考えるようになってきた。

さらに、「私たち兄弟は、父と母のどちらと生活をするようになるのだろう」とも考え始めた。

母が出ていった日のこと。

中学生になってはじめて迎えた正月がすぎて間もなく、祝日の連休を利用し、母の兄が『今後のこと』について父と話し合いにやってきた。中学生ながらに、「いよいよだな」と思った。話し合いを終えて、顔を見せた母の兄は、憮然とした表情だった。

話し合いは満足できるものではなかったことが想像できた。言葉少なに母の兄が帰ろうとしていると、母が、

「明日も祝日だから、お兄さんを東京へ送っていくから」

と、言って、母の兄とともに家を出ていった。

このとき、私は直感的に「母はもう帰っては来ない」と思えて、歯を食いしばった。こたつに入ったまま、母の後ろ姿を見ずに、あふれる涙を隠すように、うつむいて動かなかった。

やはり、母とは音信不通となった。日曜日の夜のでき事だった。

父が家を出ていって数年後、今度は母が家を出ていってしまった。

私たち兄弟は、両親に棄てられた……。

私たち兄弟は、一番身近な大人に裏切られた……。

大人は偉そうなことを言ったって、結局は自分のことしか考えない。

大人はきれい事ばっかりで、信用できない。

そう思った。

母が家を出ていってしまったが、父が戻ることはなく、祖母と弟と私、三人での生活が始まった。父が家に戻って来なかったことで、私の中で両親に対する不信感はますます大きくなっていった。祖母は母が出ていってしまったことを愚痴ることなく、私たち兄弟の世話をしてくれた。唯一、私に向き合ってくれる身近な大人だった。

母が家を出ていって間もなく、弟も中学校に入学して、私と同じサッカー部に入部した。私たち兄弟が入部した公立中学校のサッカー部は、県内有数の強豪校だった。放課後の練習はもちろん、始業前の朝練、土曜日の午後（私たちが中学生のころは、土曜日の午前は授業があった）や日曜日も練習や試合が予定されていた。

朝は午前6時半すぎに家を出て、帰宅するのは午後7時ごろ、さらに土曜日と日曜日はお弁当を用意しなければならなかった。祖母は自分に発作が出ようが、朝は私たちより早く起き、お弁当が必要なときには、友達が羨むようなお弁当を用意してくれた。

部活動から帰ると夕飯を用意してくれ、洗濯機では汚れが落ちないからと言って、ソックスは1枚1枚洗濯板で手洗いしてくれた。汚れ一つないソックスは私の自慢だった。

「自分のやりたいことをやりなさい」と、言ったきり、何一つ泣き言を言わずに、私たち兄弟の世話をしてくれている祖母を悲しませるわけにはいかない。裏切るわけにはいかない。そう思い続けていた。

強豪チームでサッカーを続けていたこともあって、時間もそれほど自由にならず、大きな問題を起こすことはなかった。部活動では目標だった『全国大会出場』を達成することはできなかったが、充実した中学生活を送っていた。

実は、母が家を出ていってからの私の記憶はあいまいだ。

中学生からの友人たちと話をしても、思い出せないことが多い。友人たちは事細かに当時のことを思い出して談笑しているのだが、その場に一緒にいたはずなのに、私はほとんどのことを思い出せない。覚えていない。

部活動のことも、修学旅行のことも、記念写真やスナップ写真を見ても、何も思い出せない。まるで他人事だ。たぶん、私の身の回りに起こったでき事を私自身が処理できていなかったのだろう。

もしかしたら、私がどうすることもできないでき事が多すぎて、つらく悲しい、私にとって『忘れてしまいたい時間』だったのかもしれない。現実逃避をしていたのかもしれない。

だから、私には中学生のころの思い出がところどころ抜け落ちている。

嘘を責めなかった祖母への感謝。

中学3年生の夏、部活動を引退した私は祖母に「友人の家に泊まる」と嘘をついて、友人と二人で東京の母の実家を訪ねた。心の片隅で、母に会えることを期待していた。母に会ったら、「どうして家を出ていったんだ」「なぜ、俺たちを連れて行ってくれなかったんだ」と、言いたかった。しかし、母は東京の実家にはいなかった。東京の祖母に聞いても、

「ここにはいないよ」

母の兄に聞いても、

「連絡も取れない」

大人は嘘をつく。

当時の私は、大人をそのように見ていた。みんながグルになって、私に嘘をついているとさえ思えた。母と再会する唯一の手掛かりが実家だった。東京の祖母や母の兄の言葉を信じてしまえば、母に会えないことを意味する。それを認めたくなかった。認めたとたん

に、絶望が私を襲ってくるようで怖かった。

翌日、家に戻った私を祖母は問い詰めることはなかった。普段と同じように接してくれた。それが嬉しかった。これからも祖母がいてくれれば、これまでと変わりなく生活できると安心した。

祖母が息を引き取った。

稲刈りも終わり、衣替えで制服も替わり山の木々が色付き始めると、祖母は持病だった神経痛を患って、入院することになった。ちょうど、高校受験を具体的に考え始めたころだった。

「ちょっと、疲れたからのんびりしてくるわ。すぐ帰ってくるから……」

そう言って、祖母は入院した。私もすぐに退院してくるだろうと考えていた。祖母が入院したことで、父が隣町の借家を引き払い、私たち兄弟と一緒に暮らすことになった。父が一緒に生活していた女性も一緒だった。その女性を、私たち兄弟は『おばちゃん』と呼んだ。

父と『おばちゃん』が仕事を終えて帰ってくるのは午前4時をすぎていたが、交代で私たち兄弟の朝ご飯の用意をしてくれた。ありがたく感じる一方で、これから先のことを考えると、複雑な心境だった。祖母が退院してきたら、父はまた家を出ていくのだろうか。それとも、祖母も含め五人で生活していくのだろうか。そもそも、祖母はいつ退院してくるのだろうか。弟はどうなるのだろうか。私はどうなるのだろうか。

そんなことばかり考えていた。そのうち、自宅から通えない高校に入学して、この家から出ていこうと考えるようになった。祖母が入院していなくなった家に、私の居場所はないような気がしていた。

高校入学を機に、家を出ていこうと考え始めた年末年始、祖母が一時退院した。一時退院してきた祖母は脚力が衰え、立って歩くことができなくなっていた。「ちょっと、のんびりして帰ってくる」はずだった祖母の病状は、私の目からも明らかに悪化しているように見えた。

悲しかった。祖母にかける言葉も見つからなかった。私にはどうすることもできなかった。年が明け、年末年始を1週間ほど自宅ですごした祖母が再び病院に戻ったとき、祖母の病室で父が私に言った。

「おばあさんが寂しがるから、近くの高校に行ってあげなさい」

一時退院のときの祖母の様子、目の前の祖母の様子からして、ますます病状が悪化することは私にもわかった。私は、父の言葉を否定することができなかった。祖母の前で、「家を出ていく」とは言えなかった。

中学の先生方と相談した結果、電車を使って自宅から1時間ほどかかる、隣の千葉県の進学校でもある公立高校を受験することになった。同じ高校を受験する生徒は、すでに書類の作成など準備を始めていたので、私の突然の志望校変更で、先生方には余計な手間をかけることになった。自宅から通える近くの高校を受験することになって、祖母は喜んでくれるはずだった。ところが、祖母の病状はみるみる悪化していく。声をかけても、返事をするのが精一杯の状態になった。

高校受験を来週に控えた週末、祖母は生死の境をさまよい始めた。私の声に返事をすることさえできなくなっていた。そして、ついに祖母は静かに息を引き取った。

冷たい雨が静かにしとしとと音を立てずに降る、日曜日の夜だった。

また、日曜日の夜だった。悲しいことはいつも、日曜日の夜に起きる。

祖母が死んで、私の心も死んだ。

これで本当に、一人ぼっちになった。高校受験4日前のでき事だった。

祖母の葬儀を済ませた翌日、中学校へ登校すると先生方が、代わる代わる私に声をかけてくれた。

「明日の受験は、大丈夫かい？」

すべての先生が、翌日の私の高校受験を心配してくれた。

「大丈夫って、聞かれたって、やるしかないでしょ」

こう言うのがやっとだった。それ以上、何も考えられなかった。むしろ、どうでもいいとさえ考えていたように思う。受験当日も緊張することもなかった。祖母のために受験高校を決めたのだから、祖母が亡くなってしまっては、その高校に通う意味もそれほどない。

他人事だった。だが運よく合格した。そのとき嬉しかったのかさえ思い出せない。ただ、私と一緒に合格を喜んでほしい人はそこにいなかった。祖母が亡くなってから高校入試、合格発表、卒業式と約1カ月が慌ただしく、あっという間にすぎていった。

4月から高校生になり、新しい生活が始まった。父もおばちゃんも、私たち兄弟を元気づけるように交代で朝食の用意をしてくれた。とはいえ、毎日午前4時すぎに帰宅して、私たち兄弟それぞれに朝食を用意するのには体力的にも無理がある。毎朝、寝ている父とおばちゃんに声をかけて起こすことになっていたが、次第にどちらも起きることがなくなり、「弁当代」と言って、お金だけを渡されるようになり、一人で朝食をとることが多くなっていった。

夜も私が帰宅する時間には、父たちは仕事へ出かけていたので、近所の食堂から出前を取り、夕食を済ませた。すれ違いの日々が続き顔を見ることもなくなり、ほとんど会話をすることもなくなっていった。大げさかもしれないが、1カ月は会話をしない日が続いていたように思う。

「父は、私のことには興味がないのだろう……」

そう思いながら日々をすごした。段々に勉強することもなくなって、成績も落ちていった。ただ時間を潰すだけに高校へ通っていた。そんな毎日だった。

高校当時の友人たちが言うには、そのころの私は、他人を寄せ付けないような雰囲気をして、声をかけることもためらっていたそうだ。ちょうど、同じ中学校から進学した友人とも距離ができ、一人ですごす時間が増えていったときだった。

やがて新しい生活にも慣れ、友人もでき、高校生活が楽しくなってきたが、寝ている父とおばちゃんに声をかけ、弁当代をもらうのが苦痛になった。夕食も出前だったせいか、すべてが『お金』で済まされているような気がした。

『愛情』が『お金』にすり替わっているようだった。それが嫌だった。私に自由になる『お金』があれば、この苦痛から逃れられると思い始めた。私自身が『自由』になるため、『苦痛』から逃れるため、アルバイトを始めた。

祖母が亡くなってから約1年、高校1年生の冬だった。

身近な大人なんて、いないほうがいい。

当初は、週末だけのファミリーレストランでのアルバイトだったが、徐々に勤務日数が増え、放課後にはほぼ毎日出勤するようになり、日曜日や祝祭日は1日をアルバイト先のファミリーレストランですごし、夕食もアルバイト先で済ませた。

勤務時間が増えるにしたがって、自由になるお金も増え、寝ている父たちを起こして弁当代をもらうという苦痛からも解放された。私に興味があるようには思えない、会話もない、顔を合わせることさえほとんどない父のいる家へは、帰る必要もなくなったように思えた。

『自分の居場所』は自宅にはない。必要とされていない。そう思っていた。必要とされる場所、居場所を探して友達の家を渡り歩き、寝る場所がない夜には家へ帰る、そんな生活だった。

友達のいる学校と、自由になれるお金を稼げるアルバイト先だけが、私の居場所だった。友達の親も、自分の子供のように私を気に掛け、優しくしてくれた。向き合ってくれる大人の存在が嬉しかった。居心地がよかった。

しかし、私は向き合ってくれる身近な大人がいない寂しさを紛らわすように、次第に酒と異性へと興味が向いていった。

異性と一緒にすごす時間が増え、毎日のように酒を飲み、ときには二日酔いで登校することもめずらしくなかった。無断欠席も増えていき、授業にもついていけなくなった。

学園物のドラマのストーリーのように転落した怠惰な高校生活を送った。一時は大学進学も考えてはいたが、大学に進学するお金を父に頼らなければならないことが耐えられなかった。

また、当時の私は目標を持ち、それに向かって努力できるほど強くもなかった。明かり一つ見えない真っ暗な大海原で、舵の利かない難破船のように行先も定まらず、流れに任せて漂っているようだった。

ただ、目の前の1日が楽しくすぎていけばよいと思っていた。今振り返れば、相当『甘えていた』のだと思うが、当時の私は、向き合ってくれる大人がいない寂しさを紛らわすことが重要であり、それさえできれば十分だった。

父から『自由』になりたかった私は、高校3年の冬、当時のアルバイト先に出入りしていた納入業者の伝手を使って、高校の担任にも父にも相談せず就職先を見つけ、卒業と同時に東京へ出ていった。


救われたような気がした。目の前から『寂しさ』がなくなった。

『身近な大人』がいないことが嬉しかった。

これでもう、『裏切られる』ことはない。それだけでよかった。

第7章

私も息子を棄ててしまうかもしれない。

息子に誓ったこと、心に誓ったこと。

二度も、父に裏切られた。

両親からの愛情に満たされなかった私は、その満たされなかった愛情を異性へと求めた。何人かの異性と付き合って、出会いと別れを繰り返すうちに、次第に『男と女』というものを感覚的に理解していった。

男と女の間には、当人同士でしかわかり合えず、他人には理解しがたいことや、一方で、男と女だからこそわかり合えないことがある、ということに気がつき始めた。そして、このことを両親に当てはめたらどうなのだろうと考えた。

父と母ではなく、男と女。そのように考え始めると、これまでのでき事が違った見え方をしてきた。両親も男と女だったのだ、と結論づけた。すると、それまでの感情とは違った感情が、湧いてきた。「裏切られた、腹立たしい、憎い」といった感情から、「仕方なかったのかもしれない」という、同情にも似た感情だ。

しかし、私たち兄弟が両親に棄てられた事実は変わらない。私が両親を許すことはできないが、自分の感情を整理することはできる、そんな気がした。

「親だから許せないんだ。あかの他人とまでは言えなくても、一人の男と女として接すればよいんだ」と考えるようになっていった。この考え方は、私を一気に楽にしてくれた。

気持ちが楽になった私は、『お金』を稼ぐために父のもとで働くことを決意した。バブル経済の末期、まだ世の中はお金がすべてといった風潮だった。私自身20代前半だったにもかかわらず、その風潮に乗り遅れたくないと思った。

そして、お金のために、10年以上商売を続けている父を利用しようと考えた。私は、父を一人の経営者として見るようになった。それ以来、私は父を『社長』と呼ぶようになり、今でもそう呼び続けている。

社長の経営するお店を手伝いながら、社長と継母の仕事ぶりを間近で見ていると、接客や目標に対する姿勢など、学ぶべきものもあった。数カ月後、社長たちが準備していた新しいお店がオープンすることになり、私はそのお店を店長として任された。順調に売り上げは伸び、大きな問題もなかったはずだったが、社長はさらに新たな事業展開を始め、広告印刷や宅配事業などに手を広げた。

新規事業が動き出すたびに私がそれを任されて、ほかのお店との両立を強いられた。また、私自身ほとんどの新規事業が未経験だったため、期待通りの業績を上げることが難しくなっていった。案の定、新規事業のほとんどがうまくいくことはなかった。社長の指示も抽象的だったので、私には理解することが難しく、ことあるごとに衝突し、一緒に仕事をすることに限界を感じ始めた。

そんなころ、社長は別の場所に新たなお店の準備を始めた。新規事業がうまくいかなかったこともあり、お店でそれなりの売り上げがあっても、別の場所に新しいお店をつくるには資金不足だった。とはいえ、営業規制の問題を解決するために、新しい場所にお店を移転させるしかなかった。無理やり始めた新しいお店がオープンして半年後、資金繰りが悪化し、ついに私の給料も出なくなってしまった。かろうじてアパートの家賃はなんとかなったが、自動車のローンが滞り、連帯保証人だった社長のもとにローン会社から催促の連絡があった。すると、社長は私にこう言った。

「車のローン会社から催促の電話があったぞ。支払いをちゃんとしないとこれから先、ローンが組めなくなるぞ」

お店の資金繰りが悪化した結果、従業員である私の給料が出なくなり、ローンが払えなくなったにもかかわらず、経営者である社長は、まるで他人事のようだった……。
目の前が真っ暗になった。
今度は、『お金』で父に裏切られた。

私も、子供を棄てるかもしれない。

新しいお店がオープンしたころ、私はある女性に出会った。
私と同じように『夜の仕事』をする年上の女性だった。両親の姿を見て、「結婚なんてする必要ない」と思っていた私だったが、感情の整理がついたことで「結婚するのも悪くはない」と思えるようになっていた。

その女性も両親が『夜の仕事』をしていて、夜は両親が家にいることがなく、二人姉妹だけで夜をすごした経験を持っていた。私のように、両親に棄てられたわけではないが、その女性も寂しい思いをして育った。似たような境遇も重なり、私たちは一緒に住むようになり、私の友人の親に資金援助をお願いして、二人で社長が持っていた空き店舗を借りて、お店を始め、やがて結婚した。

妻の努力の甲斐があって、半年後お店は軌道に乗り始めた。そして、念願だった『お金』を手にした。今思い返すと、20代だった私には身分不相応の『お金』だった。私は有頂天になっていった。妻が妊娠したことで、私はさらに有頂天になった。しかし、同時に大きな不安が私を襲った。

両親と同じように、
私も子供を棄ててしまうのではないだろうか。
子供とどのように接したらよいのだろうか。

親子は似るといわれる。もしかしたら遺伝子的に受け継がれていて、私も自分の子供に、両親と同じようなことをしてしまうのではないか。そんな不安が私を襲っていた。
だから、私は自分自身と約束した。

子供だったころの視点を忘れずに、
子供の期待を裏切らない父親になろう。

もし仮に、私と同じように、
親と子が離れ離れになったとしても、
『よい思い出』が残るように、
子供の前では夫婦は仲良くしていよう。
笑顔が絶えない家族でいよう。
せめて、一緒にいられる間だけでも……。

そして、子供を育てるうえで、妻にこんなお願いをした。

「『はやくしなさい』と言って、子供を急かさないでほしい」

さらに、

「子供が小学生ぐらいになって、友達と何か問題を起こしたときには、まず私たちの子供が『両親が夜の仕事をしているから……』と言われるだろう。そんなことないと思うかもしれないけど、親が学校の先生や役所勤めの子供が一緒だったら、うちの子供がそそのかしたと思われるのがまだ一般的だと思う。だから、最低限のこと、あいさつや言葉遣いなど、ごく一般的なことに注意して、心して育てていこう。お願いします」

と、頭を下げた。


生まれて間もない、ガラス越しに対面した小さな小さな息子に声をかけた。

「父さんだよ」

すると生まれたばかりの息子は、

「クシュン」

と、くしゃみをした。私の声に反応したのかもしれないと思うと嬉しかった。そして改めて責任の大きさを感じた。

「この子を幸せにできるのだろうか……」

私が望むことは、一つだけだった。

私が子供のころ味わった寂しさを、
息子には味わわせたくない。

本当にそれだけだった。逆に、私が息子に期待することはほとんどなかった。ただ、笑

顔で元気でいてくれるだけでいい。一方で、

私は、あとどれくらい息子と
一緒に暮らすことができるのだろう。

と、思っていた。

そんなふうに考えると、幼い息子に教えられることは少ないとも思った。

年末の稼ぎどきを控えていたこともあり、出産後妻は1カ月ちょっとでお店に復帰した。出勤前に隣町の妻の実家に息子を預け、翌朝妻が息子を迎えに行くという生活スタイルができあがった。日中、息子が泣いていても、

「赤ん坊は泣くのが仕事だ。しばらくは泣かしておけばいい」

と、言って、私は妻を困らせた。

そのころから、私の子育ては『ほったらかし』がベースなのかもしれない。

生まれて1年が経つころになると、わが家のあらゆる物が、上へ上へと位置を変えていっ

た。息子が動き出して、あらゆる物を自分の口に入れだしたからだ。テレビのリモコンさえも、手の届かない場所に置かれたため、リモコンの意味がなかったほどだった。

息子が言葉を発し出したころ、私はあることを考えた。

私自身がお手本になる。

息子に私をなんと呼ばせよう……。

パパではありきたりすぎる。娘だったらダディでもよいし、名前の一部を取ってカズと名前で呼ばせるのも悪くない。できれば、息子が私を呼んだときに、周りの人たちがほのぼのとするような呼び方がよいと考えた。数日考えて、思いついた呼び名は、『ちゃん』だった。

実際、ショッピングセンターなどで、息子が大声で私のことを「ちゃーん」と呼ぶと、周りの人は一瞬驚いた表情を見せるが、すぐににこやかになっていた。また、私は息子に、「ちゃんは、フランス人なんだ」と、言い聞かせた。

息子は小学2年生になるころまで、私が『フランス人』だと信じていたようだ。何かの拍子に私が「ちゃんは、フランス人だから……」と言うと、「ちょっと、違うような気がするんだけど……」と息子が言ったのが小学2年生だった。

後で知ったことだが、このころがちょうど脳の臨界期に当たるらしい。息子も与えられた情報を整理して、判断する能力が身についてきたのだろう。親としては『寂しい』瞬間でもあった。

歩き出してしばらくすると自我が芽生え、いろいろなことをやりたがるようになった。そして、私が想像しているように失敗した。息子には悪いが私には、それが面白く、可愛らしかった。

とくにおもしろかったのは、靴を履くときだった。息子が自分で靴を履くと、なぜか左右をいつも履き違えた。ならばと、あらかじめ左右を逆にして玄関に置いても、息子が履くとそのまま左右が逆になる。履き心地が違うのか、視覚から受ける形の違いなのか、結局、なぜいつも左右が逆になるのか、私にはわからなかった。

息子が何かをうまくできないときも、妻は息子に手を貸さない。必ず息子が履き終わるのを待ってから、靴を左右履き替えてから出かけた。妻は私との約束を守り、一度も息子を急かすことはなかった。そのように育ったせいか、息子は小学校入学当初に給食が食べ終わらずに、昼休みの時間が少なくなったこともあった。

息子に対して、私は特別なしつけをした覚えはない。『あいさつ』を除くと、『帰宅時の手洗い・うがい』『寝る前の歯磨き』と『後片付け』の三つくらいだ。ごく一般的な当たり前のことを当たり前に身につけさせただけだった。

そしていつの日か、確実に息子の前からいなくなってしまう私にとっては、息子を『ジリツ（自立・自律）』させることが重要だった。そのために、

私自身が息子のお手本になる。

息子が困惑しないようにあいまいな態度をとらない。

このことを心掛けた。まずは、私が息子から信頼されることだった。

それさえできれば、何も必要ないとさえ思えた。

第8章

私が息子に教えたこと。

自分で決めさせる、決めるまで待つ。

勉強より、ありがとう。

息子が東大に合格したというと、特別な英才教育でも受けさせたのではないかと思う人もいるだろう。でも、私はそんなことはしてやっていない。私のほうが先に死ぬのだから、私がいなくなっても、息子が生きていけるようにジリツさせることだけを考えて、息子に接してきた。

なかでも大切にしたのが『あいさつ』だった。**あいさつがきちんとできれば、他人に嫌われることは少ない**。社会の中で生きていくには、重要なことだ。とくに「ありがとう」は魔法の言葉だ。「ありがとう」が言える人間になってほしいと思った。だから、**私自身が手本となった。**

買い物で商品を袋に入れてもらっても「ありがとう」。お釣りをもらっても「ありがとう」。「ありがとう」を口癖にした。

もちろん、私と息子との間でも「ありがとう」を欠かさないようにした。ときには、息子が缶ジュースのふたを開けることができずに私に開けさせると、息子が「ありがとう」と言うまで、缶ジュースを手渡さないというような意地悪もした。

また、私は子供のころ『寝る前の歯磨き』が嫌だった。眠いのに歯を磨くのは面倒だった。それに歯並びが悪く虫歯が多かったため、歯科医院で治療をするときに痛い思いをした。**息子が寝る前の歯磨きが欠かさずできるようになれば、少々面倒なことでもやり続けられるようになる気がした。**

時代が変わっても、男の子は怪獣が大好きだ。息子の遊び道具も怪獣ばかり。部屋の中は怪獣が散乱し、足の踏み場がないことなど日常茶飯事だった。**遊び終わった怪獣たちがそのままになっていると、息子と一緒に片付けた。**

しばらくして、息子が片付けをサボり、妻や私に片付けさせようとしたときがあった。そのとき私は、

「自分で後片付けができないのなら、要らないものですね。それなら捨てますよ」

と、息子に言って、散乱した怪獣たちをゴミ箱に詰め込んで捨てた。息子は目に涙をためて私を見つめたが、容赦はしなかった。

この方法が正しかったのかはわからないが、息子は、「片付けなさい」と言うと、自ら片付けるようになった。いつのころからか、『使ったら戻す、元の位置』という合言葉ができあがった。

できる喜びを感じられるように。

2歳になる年の4月、息子は保育園へ通い始めた。

保育園の少ない街ということもあったのだろうが、縁というのは不思議なもので、息子が通いだした保育園の主任保母は、私の母が『給食のおばさん』をしていた保育園で、母と一緒に働いた方だった。

もちろん、母が家を出ていった当時のことをよく知っている方で、私のことを心配してくれていた。その方は、成長した私に十数年ぶりに会って、涙を流したほどだった。


妻の実家に預けられた息子は、妻の実家から通園バスで通うようになった。保育園の帰りは、日中ぶらぶらしている私が迎えに行く。息子と二人での自宅まで約20分のドライブは、保育園でのでき事や、妻の実家でのでき事など、息子が体験したことを聞くことのできる、私にとっては貴重な時間だった。

そのうちに息子が、道路沿いの看板を指さして言った。

「ちゃんさぁ、あれって○○って読むんでしょ？」

「うん、そうだよ。すごいね。どうして知っているの？」

私が教えていない漢字を読んだことに驚き、息子にたずねた。

「あのね、漫画に載ってた」

「そうか、いつも読んでる漫画に載ってたんだ」

「うん、漫画に載ってたのと同じだもん」


はじめは毎夜預けられている妻の実家で新聞の漢字に興味を示し、妻の父親にたずねたのがきっかけだった。そのうちに漫画を読むようになって、漢字を形で覚え始め、子供向けの漫画には漢字にルビ（ふりがな）が打ってあるため、徐々に訓読みや音読みといった違った読み方や違った漢字との組み合わせを覚えていった。

前の自動車のナンバーを見て、数字を足したり引いたりして計算を教えるようにもなった。息子と自動車に乗ると、車内はクイズ大会のようになって、楽しい時間だった。

妻と私が仕事へ出かける時間は毎日同じ。必然的に生活が時間通りに進む。

「長い針が6のところに来たら、お風呂に入るからね」

というように、時計の針の位置で具体的に息子に伝えるようにした。しばらくすると息子は、時計を見ながら、

「長い針が6のところに来たら、お風呂に入るんでしょ」

と、言うようになり、時間を意識する生活が身についていった。

学ぶことも生活の延長で、遊びと同じだった。わかる喜び、できる喜びを知って、学ぶことは楽しく、生きていくうえで必要なことだと感じてほしかった。

そのため、息子が興味を持つことにはすべて答えてあげるように心掛けた。もし答えられないようなことがあったら、「明日までに調べておくから」と言って、次の日には答えられるようにした。

「あとでね」と言われたまま、答えてもらえなかった私の子供のころの経験、「相手にしてもらえない」「嘘をつかれた」という両親に対して感じた『寂しさ』を、息子には味わわせたくはないと思った。

息子が少し大きくなっても、「もしかしたら息子を棄ててしまうかもしれない」という不安が、常に私を襲っていた。私がいなくなっても生きていけるように、と常に考えて、息子と接した。毎日が真剣勝負だった。

トランプもボードゲームも真剣勝負だった。息子相手にいつも真剣勝負をしていた私に妻があきれて、

「相手は子供なんだから、そんなにムキになって勝つことないじゃない。負けてあげればいいのに」

と、言ったが、私はこう返した。

「世の中には自分より強い存在、上には上がいるってことをわからせてあげるのも必要なんだよ。どうせそのうちに、俺が勝てなくなるときが必ず来るから、それまで俺は自分から負けてあげるなんてことは絶対にしない」

案の定、息子が成長するにつれて、対戦成績は互角になり、小学校高学年になるころには、私はすっかり歯が立たなくなった。

何時まで遊ぶか、自分で決めなさい。

私は、人生経験から「生きていくことは失敗の連続。うまくいくことのほうが少ない」と確信している。だから、息子が失敗することを気にしなかった。むしろ、息子の失敗を楽しんでいた。子供のする失敗はほとんどの場合、想像ができる。想像通りのでき事が起こる。それが私には楽しかった。生命にかかわること以外の失敗なら、何でも楽しんだ。

息子がやりたがることは何でもやらせた。はじめのうちは失敗していても、続けて挑戦しているうちにできるようになる。小さな成功体験を積み重ねて、困難に立ち向かうことから逃れないようになってほしかった。『やればできる』と思ってほしかった。

失敗は無駄にならない。無駄なものなど何もないと思っていた。漫画だって、ゲームだって、与えた。

三日坊主になっても気にしなかった。私自身が三日坊主だ。怒れるはずがなかった。そのうちに、続けられるものが見つけられると信じた。私自身、息子の持つ『可能性』を信じたかった。子供の『可能性』を信じるのが、親の役目だと思った。

息子には「やってはダメ」と言ったことがほとんどない。私の子供のころの経験から、親に「やってはダメ」と禁止され続けると、委縮して親の顔色をうかがい行動が止まる。子供らしい自由な行動ができなくなる。

私も母の顔色をうかがい、機嫌を損なわないように振る舞った。それが苦痛だった。自由が制限される子供にとっては、親の機嫌を損なわないことが身を守る唯一の手段だ。同じ思いを息子にはさせたくなかった。

子供らしく、泣いたり笑ったりしてほしかった。

常に息子自身に考えさせ決めさせた。考えがまとまらない幼いころは、

「こっちとそっち、どっちがいい？」

と、息子にたずね、選択をさせたが、小学校３、４年生になるころには、

「あなたはどう思う？」

と、問いかけ、息子に考えさせた。息子が考えている時間が長くなり、途中で妻が自分の考えを言うと、私が妻を怒ることもあった。子供は経験がまだ少ない。自分の考えがまとまるまでには、時間がかかっても仕方がない。

私自身が子供のころ、せっかちな母に急かされて、考えがまとまらなかった嫌な経験が

あったからこそ、息子にはゆっくり考えさせる時間を与えた。そして、決めさせた。さらに、失敗したときには、

「どうして失敗したと思う？　考えてみようか」

と、問いかけた。

また、漫画を読むときやゲームをするときには、

「何時まで遊ぶの？」

と、聞き、自分で遊ぶ時間を決めさせた。

一度も「はやく」と言われずに、のんびりと育った息子だったが、自分で時間を決めさせたおかげなのか、時間に几帳面な妻の影響なのか、小学校高学年になると時間に正確な子供に成長した。常に時間に余裕を持って行動し、時間にルーズな私が息子に叱られるようになった。

『夜の仕事』をしているため、息子の成長とともに、ゆっくり息子と接する時間が減っていく。小学校は、妻の実家近くの小学校へ通ったから、なおさらだった。

私には、お店が休みである日曜日が、息子とすごす貴重な時間となった。家族で夕食の

買い物に出掛け、日曜日の夕食作りは私が担当した。息子が生まれて間もないころ、育児に疲れた妻の気持ちをくみ取ることができず、日曜日の夕食のときに、

「この食材だったら、これとは違う調理方法のほうがおいしいんじゃないの？」

と、妻の料理にケチをつけたのがきっかけだった。当然のように妻は、

「自分で料理できるんだったら、文句があるんだったら、自分がやってよ。私だって毎日夕飯を作って、子育てをして、疲れているんだから！」

と、怒った。

翌週から、日曜日の夕食作りは私の仕事になった。高校生時代のアルバイトから職場はほとんどが飲食店だった。料理をすることは、苦痛ではなかった。むしろ、妻や息子の喜ぶ笑顔を見られることが嬉しかった。

そして、**日曜日の夕食時には必ず家族で乾杯した。運動会が終われば、無事に終わったことに乾杯し、テスト前にはテストの健闘を祈って乾杯した。理由は何でもよかった。ただただ、日曜日の夜に家族が揃っているだけで安心できた。**子供のころにはつらい思い出が重なった日曜日の夜が、楽しい夜になっていった。

「どちらでもいい」という言葉に胸が痛む。

生きていくことは『決断』の連続だ。そのときどきの状況や条件に応じて、『決断』しなければならない。決断に納得していなければ、『結果』にも納得がいかなくなる。決断に納得していないから、『後悔』することになるのだろう。

私も、これまで多くの決断をしてきた。その決断の結果、思い通りの結果になったことも、思い通りでない結果になったこともある。人生の浮き沈みというような経験を積み重ねてきた私だが、私自身が持つ知識と経験、調べた結果を活用して決断するようになってからは、後悔することはなくなったように思う。もし思い通りでない結果になっても、納得して決断していれば、『反省』することができる。反省は貴重な経験になるはずだ。

決断するというと仰々しいが、『選択』と言い換えたほうがわかりやすい。人生のほとんどの場合、どちらかを選ぶか、どれかを選ぶことを繰り返している。人生においては、選択することが決断することのように思う。もちろん息子にも決断すること、選択することを身につけさせようとしてきた。

ただ、それを身につけさせるのは難しい。お店の女の子たちと接していても、決断は苦

手のようだ。苦手というよりも決断を避けているように思える。女の子たちのある口グセを聞くたび、胸が痛くなる。それが、

「どちらでもいい」

という言葉だ。

この「どちらでもいい」という決断を否定するつもりはないが、どちらかと言えば、投げやりに決断を避けているときに発せられることが多い言葉に感じられる。

息子やお店の女の子が「どちらでもいい」と言うと、腹が立つこともあった。しかし、お店の女の子たちとよくよく話をして気がついた。お店の女の子たちは、決断するだけの知識と経験が少ないのだ。知識と経験が少ないから選択できない。『選択肢』がないから選択できない。これは息子にも当てはまる。

子供たちは、『選択肢』を持っていないから選択できない。選択肢がないから、決断することが身につかないとも言える。決断することを身につけさせるためには、はじめのうちは、選択肢を示していけばよいのではないだろうか。

「なんでもいい」に隠された秘密。

息子が小学生だったころ、早朝アルバイトが休みの土曜日には息子に昼食を作った。息子の食べたいものを作ってあげようと、食べたい料理をたずねると、

「なんでもいい」

と、息子は答えた。ときには食べたい料理を言うこともあったが、ほとんどの場合が「なんでもいい」だった。動物の本能・欲求、生命にかかわる食べ物にさえ、はっきりと意思表示ができない息子に腹ただしさを感じ、「なんでもいい」という言葉を真に受けて、息子が苦手な私が食べたい料理を作ることもあった。

苦手な料理が目の前に出され表情が曇る息子に、

「なんでもいいって、言ったじゃん。仕方がないね」

と、言ったこともあった。しかし、その後も息子は「なんでもいい」という言葉を口にした。「なんでもいい」と言い続ける息子に失望するとともに、息子に対する『子育て』にも不安になり始めた。大げさなようだが、食べるという生命にかかわる『判断』ができないようでは、これから先の息子の人生が思いやられると思ったのだ。

ある日、また、「なんでもいい」と言う息子に、

「いつも、なんでもいいって言ってるけど、自分が食べたいものがないの？」

すると息子は、

「食べたいものがわかんないんだもん」

「食べたいものがわかんないって、自分の食べたいものがわかんないの？」

私が問いつめるように息子にたずねると、息子は何か感じたのか、

「食べたいものはあるけど、どれにしたらいいのか名前がわかんないの」

と、答えた。私はハッとした。


私は、息子の言葉をちゃんと理解していなかった。息子は自分の食べたい料理が思い浮かんだが、それを私に説明する言葉を持っていなかっただけなのだ。食べたい料理はたくさんあるが、その中から一つを選んで、その料理の名前を私に伝えることができなかったわけだ。幼い子供は、色や形、映像で物事を認識し判断するように思う。息子も幼いころは、漢字を形、映像として覚えていた。そのことに気づいた私は、息子に料理の映像を見せれば、息子は食べたい料理を選ぶことができるのではないかと思った。

私が早朝アルバイトをしていたファミリーレストランのメニューも、料理をイメージした写真が並んでいる。ファミリーレストランで働きながら、こんな身近なことに気がつかなかった私は、息子に申し訳ないことをしてしまった。しかし、わが家にはファミリーレストランのような写真つきのメニューはない。ファミリーレストランへ行ってメニューを見て帰ってきて、わが家で調理するわけにもいかない。今ならインターネットで画像を検索するということもできるが、パソコンがなかったわが家ではそんなことは思いつくはずもない。私は「料理の写真、料理の写真……」とつぶやきながら考えた。しばらくして、

「あっ！」

と、声を出し、つぶやきながら考える私を不思議そうに見つめる息子の手を引いて、自動車に乗って出かけた。自動車で出かけた先は、近所のスーパー。息子の手を引きスーパー内を小走り。調味料売り場へたどりつくと、私は息子に言った。

「この中から食べたいものを選びなさい」

食品メーカーが売り出している合わせ調味料には、合わせ調味料を使った料理のイメージがパッケージに印刷してある。そのイメージ写真を見れば、息子も食べたい料理を選ぶ

ことができると思ったのだ。案の定、息子はある商品のパッケージ写真を見て自分の食べたい料理を選んだ。

「青椒肉絲《チンジャオロース》」だった。

「ピーマンと肉の料理」とでも言えば、私がすぐに思いつく料理だ。それなのにそう言わなかったということは、パッケージ写真を見るまで何も思いついていなかったということなのだろう。それからしばらくの間、スーパーの調味料売り場がわが家のメニューになった。私たち親子はその合わせ調味料を買うことはなかったので、スーパーからすれば迷惑な客だった。

この経験から私は、「わからない」や「どちらでもいい」「なんでもいい」という言葉に注意を払うようになった。「わからない」とは何がわからないのか、「どちらでもいい」「なんでもいい」と言う場合、『選択肢』を持っているのか。

「わからない」ならば、わかるように説明すればいい。選択肢がないならば、選択肢を探してあげればいい。はじめのうちは親にとって面倒なことでも、しばらくすれば、子供自身が考えられるようになる。選択肢が見つけられるようになる。そして、わからないことがわかるようになり、選択できるようになり、決断できるようになる。そうすれば、子供たちはジリツしていくはずだ。

勉強の成績にまったく興味なし。

息子の成績には、まったく興味がなかった。

心配事や不安ばかりで勉強が手に付かなかった私自身の経験から、心配事や不安がなければ、子供は安心して勉強するようになるだろうし、勉強をするようになれば成績も上がっていくはずだと思っていたからだ。

また、『ゆとり教育』が始まってすぐに小学校に入学したこともあって、学校教育にあまり期待をしていなかったのかもしれない。算数で円周率を3で計算しなさいという表記を教科書で見つけたとき、

「バカを作るための学校なんて、行きたくなければ行かなくてもいい」

と、息子に言ったほどだった。返却された息子の答案用紙を見て、「理解はできているのだな」と思ったくらいだ。高校生になった息子が、

「勉強のことで一度もほめられたことがなかった」

と、言ったのだから、私が子供の成績にまったく興味がなかったと言っても間違いではないだろう。だからこそ、小学6年生になって、息子が中学受験をしたいと言ったときには、正直驚いた。

仕事に失敗し、返済しきれないほどの多額の借金を背負い、やる気を失っていた私にとっては、思いもよらないことだった。1年前の小学5年生のときに参加した私立中高一貫校のオープンスクールで、下を向いたまま一言も発することもできなかった息子の様子を思い出すと、息子がその中学へ進学したいなんて言うはずがないと思っていたからだ。

息子が「中学受験をしたい」と言い出したのは、35年ほど前にできた私立中高一貫校で、近隣の工業地帯の企業に転勤した社員の子供たちのためにつくられた進学校だ。

私たちの自宅から、自動車で10分ほどの場所にあった。私自身も中学3年生のときに高校受験をした学校で、私の受けた入学試験の印象では、『相当レベルの高い学校』だった。そんなレベルの高い学校のオープンスクールに息子が参加したいと言ったときには、「ちょっと覗いてこよう」といった、気軽な気持ちだった。

オープンスクール当日、息子は事前申し込みした「宇宙船脱出ゲーム」という国語科のカリキュラムに参加した。宇宙船脱出ゲームというネーミングが、TVゲーム好きの息子の関心を誘ったのだ。

しかし、カリキュラムの内容は、職業を選択して、その職業の内容と重要性を小学生のほかの参加者に説明し、説明を聞いた参加者の多数決によって宇宙船に乗り込むことができるという、思考力と表現力が必要なものだった。

息子や私がイメージしていたものとは、まったく別のものだった。ゲームの内容を説明されたとき、「息子には無理だ」と、私は思った。結局、息子は職業を選ぶことだけに時間を費やし、その職業の重要性を説明するときには、一言も声を出せずに下を向いたままだった。

それに比べ、ほかの小学生の参加者たちは、一つ上の小学6年生の子供もいたのだろうが、私も感心するほど自分が選択した職業を理解し、その重要性をほかの参加者に説明していた。この様子と私自身の受験経験から、

「この学校に通う子供たちは、相当できる頭のよい子供ばかりなのだな……。うちの子には無理な学校だ」

と、思った。一言も声を出せなかった息子に私は、かける言葉が見つからなかった。

その学校を受験したいと息子が言ったことは、まさに青天の霹靂だった。

私立に行くなら、東大を目指しなさい。

当時、『夜の仕事』から逃れようと私は、新しい店舗で日中の飲食店営業を始めたが、無理な資金繰りが原因となり借金が膨らみ、すべてを失っていた。

残ったものは、返せる当てもない多額の借金だけだった。そのため私は、睡眠時間を削って三つの仕事を掛け持ちしていた。当然、私立に通わせる経済的な余裕があるはずなどなかった。しかし、息子は私立の中高一貫校の進学校で学びたいと言っている。そのためには、息子が入学試験に合格することも重要だが、それと同時に入学金や授業料など金銭的な問題も解決しなければならない。どうすればよいのか、悩んだ。そして、

「息子が学べるときは、今しかない。今、このときを逃したら私は息子の人生を台無しにしてしまうかもしれない。息子の可能性を潰してしまうかもしれない。それだけは親としてしたくはない」

と、考え、入学金の援助を父に求めた。

また、借金の返済を先延ばししようと、友人たちに無理なお願いをした。

息子に改めて中学受験の覚悟を確認し、三つの条件を出し、息子に約束させた。


「自転車で通学すること」

「運動部に所属すること」

「学費は就職後、お母さんに返すこと」


そして、せっかく私立の中高一貫の進学校に入学するのだから、目標は高く大きく、

「大学は、東京大学を目指せ！」

私のこの言葉に、息子は目を見開き、小さく頷いた。

第9章

どうすれば、子供の心は満たされるのか。

自宅こそ、安らげる場所。

できないことより、やらないことが問題。

小学6年生になって、中学受験を決意した息子に、私は受験対策のために塾へ行くことを勧めた。中学受験を意識して勉強してこなかった息子には、受験までに残された時間はわずかだった。夏休みに入り、夏期講習が始まるころ、息子は塾へ通うようになった。

塾へ通い始めて2日目、息子に塾の様子をたずねると、宿題が出ているということだった。どのような宿題が出たのか、息子にノートを見せてもらうと、息子のノートは白紙。

「どうして宿題をやっていないんだ？」

と、息子にたずねると、

「だって、まだ学校で習ってないところだもん」

と、少しふてくされた表情で答えた。その言葉を聞いて、私は息子を怒鳴りつけた。

「そんなことは、はじめからわかっていたことでしょ。入塾の面談を受けたときに、試験まで時間がないから大変ですよと、言われたでしょ。自分で大丈夫だって言ったわけでしょ。学校で習ってないって言ったって、できる問題があるだろうし、教科書を見ながらでも答えることはできるでしょ。習っていないからやらないというなら、もう塾へ行かなくてもいい。やらない理由なんてなんだっていいんだから、これから先もやらない理由を見つけていくような、そんな考えならば、受験なんか止めてしまいなさい」

息子は、目に涙をためて、唇を噛みしめ、下を向いたまま黙った。

目の前の困難から安易に逃れようとして、努力を怠った息子が許せなかった。中学受験やこれからの息子の人生を考えたときに、『できないこと』より『やらないこと』のほうが問題のように思えた。私はその場を離れ、しばらくの時間、息子を一人きりにした。


それ以来、息子は自分自身がやれることをやって、塾の夏期講習に通うようになった。次第に塾での学習にも慣れ、課題をこなす息子を見て、明確に目標を持って『やる』ということの大切さを実感した。

あっという間に迎えた冬休み、息子は妻の実家から一人で駅へ向かい、1時間に1本しか運行されていない電車に乗って、一駅先の塾へ毎日通った。昼食は、夜の仕事を終えた妻が早起きをして、お弁当を作り塾へ届けた。コンビニエンスストアなどで昼食を買わせることもできたのだろうが、妻は塾へ通う息子のためにお弁当を作った。妻もまた、妻自身が息子にしてあげられることをしたかったのだろう。

1月はじめ、息子は中学受験に希望通りに合格した。

受験は無事に終わったが、息子の塾通いは続いた。『中学受験は通過点』と決めていたので、身についた『勉強する習慣』を継続させるためだった。中学受験に合格したことで、息子を安心させてしまっては、オープンスクールで味わった屈辱を中学生活で、また味わってしまうのではないか、あの優秀な子供たちの中で息子は落ちこぼれになってしまって、勉強する気力を失ってしまうのではないか、私にはそれが不安だった。『勉強する習慣』を継続させたい、そのためにも『大学は東大』という大きな目標が必要だった。

2時間睡眠で作る、妻のお弁当。

入学式が終わり、中学校へ通学するときには不安がいっぱいだった。『自転車で通学すること』を中学受験の条件にしたとはいえ、大型車の多い国道、常に強風の吹く1キロメートル以上もある橋、身体よりも大きい自転車と重い荷物。

「橋の上で強風にあおられて倒れてしまうのではないか、水の中に落ちるのはいいが、道路側に倒れて、そこに大型車が通りかかったら命の保証はないな」などと、毎日のように最悪のことを想像して不安になっていた。息子が学校から帰ると、それだけでありがたく嬉しかった。妻にも心配しすぎだと笑われることもあったが、ある日突然、目の前から大

切な人がいなくなった経験を繰り返した私には、仮定の話ではなかった。

私が住む地域の公立中学校は、学校給食が整備されていたが、息子の学校では、給食がなかった。中学1年生から高校3年生までが共用する学生食堂が設置されているものの、高校3年生と中学1年生とでは、大げさな言い方をすれば『大人と子供』。

「中1が、食堂でご飯を食べられる雰囲気じゃないよ」

と、息子が言っていたこともあり、妻が毎日のお弁当を作った。

妻がお店の仕事を終え、帰宅するのは午前3時すぎ。着替えを済ませ、化粧を落とし終わるころには、午前4時になる。「ベッドで寝ると起きられないから」と、居間で寝て午前6時すぎには起き、息子のお弁当を用意し、朝食をとらせた。

ときには、お店の仕事で飲みすぎて起きられず、息子に起こされてお弁当を作れないということもあったが、妻はほぼ毎日、息子にお弁当を作り続け、朝食をとらせて学校へと送り出した。夜を一緒にすごせない妻からすれば、朝の慌ただしいわずかな時間さえ、妻と息子にとって、大切な時間だったに違いない。また、**寝る時間を割いて自分のお弁当を作ってくれる母親の姿は、息子にとってかけがえのないものだったはずだ。**

かつて私が、祖母が病を押してお弁当を作ってくれた姿に感じた『自分に向けられた愛情』と同じものを感じていたと思う。『自分に向けられた愛情』を実感できた息子は、不安もなく新しい学校生活を送り慣れていった。不安がなく安心した日常が送れるようになれば、おのずと勉強や部活動に力を発揮できる。

私が高校入試直前に祖母を亡くし、不安だらけの中で高校生活を始め、勉強に手がつかず部活動にも身が入らず、何をするべきかも見つからなかったことを考えると、妻が作るお弁当のおかげで不安のない、息子の新しい生活の始まりに、私は満足できた。

妻が作るお弁当によって、私と息子の会話も増えた。息子が帰宅すると学校での様子を聞くために、まずはお弁当を話題にした。

「今日のお弁当のおかずは何だった？」

「から揚げ」

「この前もから揚げだったんじゃない？」

「そう、母さんが作るお弁当のおかずは、もうパターン化しているから」

「じゃあ、明日のおかずもわかっちゃうんだ？」

「だいたいね」

毎日お弁当を作る妻にすれば、このような私と息子の会話を聞けば、おもしろくなかったはずだが、お弁当のおかげで、私は思春期を迎える息子と自然に会話ができた。

何気ない会話を息子とすることによって、息子の学校での様子や考えが何となく理解できたし、体調の良し悪しも感じ取ることができた。**息子と自然に会話ができることは、私自身が味わった経験からも重要なことで、私にはとても幸せなことだった。**

お弁当で、子供の心は安定する。

私と息子に話題を提供してくれていたお弁当だったが、息子が中学3年生になると、

「母さんのお弁当を待っていると、家を出るのが遅くなるんだよね」

と、言って、昼は学生食堂を利用するようになった。妻は妻なりに詰めたお弁当が傷みにくいように、気を遣ってよく冷ましていたようだが、息子が希望する登校時間に間に合わないことが増えてきたらしい。妻は、息子に朝食だけを用意するようになった。妻にとっては、それまでは息子が朝食をとっている時間にお弁当を作っていたので、お弁当を作らないことによって、息子との会話の時間となった。学年が上がるにつれて部活動で息子の

帰りが遅くなり、妻が仕事に出掛ける前の会話が減ってきていたので、お弁当を作らないことで、妻と息子の共有する時間が確保できたことは、息子の心の安定には好都合だった。

妻は、息子に特別なことをしていたわけではないと思う。むしろ、『母親』として当たり前のことをしていた。息子のために食事を用意し、お弁当を作り、洗濯や掃除など、息子の身の回りの世話をした。**妻が息子とする会話は、学校のでき事やテレビの話題で、たわいない会話ばかりだった。たぶん妻も「勉強しなさい」とは一度も言っていないはずだが、妻のこうした態度が息子の心を落ち着かせて、自宅が安らぎの場所、安心できる場所になっていったに違いない。**

私は高校生のとき、同じ家に住みながら父と会話もなく、会うことさえほとんどなく、自宅で安心することができなかった。自分の居場所を見つけられずに勉強にも手がつかなかったことを思い返すと、息子にとって『安心できる場所』があることは、それだけで十分だった。

その『安心できる場所』を作り上げたのは、まぎれもなく妻の息子に対する愛情であり、私には到底できることではなかった。

第10章

この学校は、どうなっているんだ！

蛍光灯が切れても、放置する先生たち。

やっと、もどり始めた気力。

息子が保育園のときは、ＰＴＡ会長を務めるなどして、熱心に行事に参加した私だが、運動会さえ参加していない年があるほど、息子の小学校行事にはほとんど参加していない。夜の世界から脱却するために始めた弁当店とショッピングセンターのフードショップのために時間が作れなかったこと、さらにはそれらの経営に失敗し、巨額の借金を作り、何事にも手を付けることもできずに、ただ日々をすごした無気力な時期もちょうど息子が小学生のころだった。

息子とすごす時間を増やしたいと始めた仕事だったはずが、それまで以上に息子とすごす時間が奪われ、さらには気力まで奪われた。振り返れば、小学生のころの息子との思い出もほとんどない。息子に対して申し訳ない気持ちだが、それ以上に、息子の成長を間近で見守る『心の余裕』がなかったことが、私自身残念でならない。

息子が小学６年生になるころ、私は半年の時間をかけてやっと、自分自身の現状を整理できるようになった。そして、息子が中学受験を決意した。父が経営する『お店』で店長として働きながら、アルバイトを二つ掛け持ちする生活だったが、息子に『東大を目指せ』

という目標を与えたことで、私にも『息子を東大へ行かせたい』という目標ができた。

とはいえ、私自身大学へ行ったこともなければ、大学受験の経験すらない。目標を持ったところで、具体的な方法など持っているはずもなかった。そんなとき、息子が中学校へ入学する直前に行われた保護者説明会で、学年主任にはじめて出会った。

学年主任と心中しよう。

「全員に東大に合格するだけの学力をつけさせるつもりです」

私たち保護者の前にはじめて姿を現した学年主任は、これから始まるわが子たちの新生活に対して、不安と期待が入り混じった複雑な心境の保護者にこう言った。

私立進学の条件として、『東大を目指せ』と言ったはよいが、その手順も具体的な方法も持っていない私にとっては、衝撃的な一言だった。隣に座った妻の腕をつつき、

「あの先生、あんなこと言っているぞ。これだけの保護者を前に言っているのだから、相当な自信があるんだろうね。あの先生に任せよう。あの先生と心中しようよ」

と、とっさに言った。今思えば、学年主任の話を真に受けたのは、私を含めて数人だったかもしれない。学年主任と心中しようと考えたのは、私だけだったに違いない。

息子が小学5年生のときに参加したオープンスクールの小学生の参加者たちの印象から、息子がこの学校へ入学しても「落ちこぼれてしまうだろう」という不安しかなく、息子に努力を惜しまないように高い目標を持たせるため、

「中高一貫校入学はあくまでも通過点、合格したからといって、気を緩めることなく大学は東大を目指せ」

と、言い続けてきた。東大進学について、手探り状態の私の前で、

「東大に合格するだけの学力をつけさせる」

と、言い切ってくれた学年主任との出会いは、運命的な出会いとしか言い表せない。まるで、私に進むべき方向を指し示してくれているようだった。

だらしない学校じゃないか。

息子が中学入学後、PTA総会の案内とともに、PTA学年委員を募る書面を息子が学校から持って帰ってきた。「PTA活動は夜に行われるのだろう」「優秀な子供たちが通う学校だから、PTA活動に熱心な保護者の方が多いのだろう」という理由で、PTA学年委員を希望しなかった。

息子が突然進学を希望したため、この学校についてほとんど何も知らなかったことも理由の一つだった。今思えば、『知らない』からこそ、PTA学年委員を希望するべきだった。どんな学校か知るために、息子に学校から出る書面はすべて私に見せるように言った。手紙を受け取って3日と置かずに、

「今日は学校からのお手紙はないの？」

と、息子に聞いた。どんな学校なのか、学年主任はどんな先生なのか、息子はこの学校でどんな生活を送っているのか、とても気になり、知りたかった。

本当に東大に合格するだけの学力をつけてくれるのか、そこも気がかりだった。

PTA総会の日、1時限目に、はじめての参観授業があった。

厳格な入学式と、入学後すぐに実施された高校生から中学生までの6学年合同の運動会で、この学校の素晴らしさに感動した私は、はじめての参観授業にも期待を膨らませた。

しかし、息子たちが授業を受ける教室に足を踏み入れた瞬間、私の期待は裏切られた。勉強する机の横に無造作に置かれた生徒たちのカバン、ロッカーの扉は開いたまま。本棚には、うっすらと埃が積もっていた。さらにベランダに目を向けると、生徒が何かの拍子

に突き破ってしまったのだろう、間仕切りのボードには大きく穴が開き、破片はその場に置き去りにされていた。切り口も鋭く、突き刺さりそうなままだった。

「保護者が来るとわかっているにもかかわらず、こんなだらしのない状態のままにしておける学校って、どうなのだろう……」

私はそんなことを考えながら、息子たちの授業の様子を眺めていた。ＰＴＡ総会後に行われた学級懇談会で、生徒たちにケガをさせないようにとベランダの間仕切り板の修繕だけをお願いした。

数日後、学校から帰宅した息子にベランダの間仕切り板について確認したところ、まだ修繕されていないということを聞き、学校に対して少しずつ不信感が芽生えはじめた。そのあとに実施された息子にとってはじめての定期考査、中間考査で、不信感はさらに膨れ上がることになる。

なぜ、息子が成績上位者なんだ!

息子が小学5年生で参加したオープンスクールでの印象から、息子はこの学校の学習カリキュラムについていくのが精一杯で、もしかしたら落ちこぼれてしまうかもしれないという心配をしていた。

ところが、中間考査の結果は私の想像を超えるものだった。落ちこぼれるどころか成績上位者だった。落ちこぼれないようにと、入学試験合格後も塾に通わせ、学習習慣が身についていたことが功を奏したと思った。息子に中間考査の問題についてたずねたところ、

「だって、ほとんどが授業でやったプリントの問題だもん。だいたいできるでしょ」

と、言った。

息子に問題を見せてもらい確認すると、

「これもプリントのやつだし、これもそう」

「そんなテストでいいのか?」

と、私が驚くと、息子も困った表情で、

「俺に言われてもね……」

それはそうだ。そんなことを息子に言ったところで、何も変わらない。

「東大に合格するだけの学力をつけさせる」と、宣言したはずなのに、息子が高得点をとるような問題でいいのだろうか。定期考査で高得点をとって安心してしまって、いざ大学受験をするときになって、それなりの学力がついていないということになってしまうので

はないか。学年主任の言葉は嘘だったのか。このままでいいのだろうか……。

中間考査を終え夏休みがすぎ、はじめての文化祭を経験した息子は、友達との関係もよさそうで、携帯電話を使ったメールのトラブル（チェーンメールなど）が学年全体で問題になったが、私の目から見ると、大きなトラブルに見舞われることなく学校生活を送っているようだった。そして迎えた2度目の定期考査、期末考査で、またもや息子が成績上位になった。

「もう少し勉強したら、上位になれそうな気がしたから勉強をした」

と、息子は期末考査の結果を見ながら言っていたが、前回の中間考査同様、授業の教材を中心とした出題ばかりだった。

「これで、本当に学力がつくのかな……」

私の中で、学校への不信感が巨大化していった。

だらしない学校を許せない。

しばらく経った11月末、私は参観授業日に出掛けた。この日は、1時限目から6時限目までの授業を自由に参観できる。息子の授業態度も気になるが、それ以上に私には学校内のことすべてが気になっていた。入学当初は「素晴らしい学校だ」と喜んでいたはずが、それまでとは真逆の感情が芽生え始めていたからだ。教室の中はもちろん、階段、廊下の隅々、トイレ、さらにはゴミ箱の中まで見て回った。

教室や廊下の隅、階段には『綿状の埃』が溜まり、とても掃除が行き届いているとは思えない。トイレの洗面所の鏡は『水あか』がこびりつき、鏡としての役割を果たしていないのではないかと思うほどだった。

「参観授業日でたくさんの保護者が来るということに、まったく気を遣わない学校なのだな……」

と、掃除をしない生徒が多い学校なのだろうと想像する一方で、先生方も掃除の指導に積極的でなく、保護者が来校するからと言って『取り繕う』こともない学校なのだなと、学校に対する『残念な思い』が一気に膨らんでいった。また、

「校舎内が汚いのは、先生の指導の問題というよりも、掃除ができない生徒たちにも問題があるな……」

と、思った。

再び息子の授業の様子を観ようと、一番端の息子のいる教室へ向かいながら別の教室の様子を廊下からうかがうと、点滅する天井の蛍光灯が飛び込んできた。

「蛍光灯が点滅しているのに、誰も気がつかないのかな……。気づくべきだろう」

そう思った瞬間、『怒り』にも似た感情が一気に沸き上がってきた。


蛍光灯が点滅していることは、先生方にとったら小さなことなのかもしれない。

しかし、小さなことに気がつかないのに、生徒たちの行動の変化や心の様子などに気がつくことができるのだろうか。参観授業で、たくさんの保護者が来校することが事前にわかっているはずなのに、修繕ができないということは、問題解決する意欲がないのではないだろうか。それとも、こんな小さなことなら気づく保護者はいないだろうと、タカをくくっているのだろうか。

それよりも、点滅している蛍光灯の下で勉強しなくてはならない、子供たちがかわいそうだとは思わないのだろうか。そんな大人のもとで、勉強をしなければならない子供たちが不憫でならなかった。掃除が行き届かないのは、掃除をしない生徒たちにも問題がある。だが、教室の点滅している蛍光灯を交換しないことについては、中学1年生になったばか

りの生徒たちに責任はない。環境を管理する大人の問題、先生の問題だ。怒りとともに、息子たちのこれからの学校生活に対する不安も大きくなった。

私は休み時間を待って、点滅する蛍光灯を交換してもらおうと職員室へ向かった。息子の教室以外のでき事だったので、担任の先生もわからないため、あの学年主任を訪ねた。

「何かありましたか？」

保護者の突然の訪問に学年主任は驚いた表情で、あいさつもそこそこに本題に入った。

「教室の蛍光灯が点滅しているようなので、交換していただきたいと思いまして、誰にお願いすればいいのかわからなかったものですから、学年主任の先生にお願いに来ました」

「申し訳ありません。そうでしたか。すぐに交換します」

「子供たちが点滅した蛍光灯の下で勉強するのはかわいそうなので、よろしくお願いします。それにしても、先生方が気づかないのもどうかと思いますが……」

学校行事もひと通り終わり、1年が経っても私の不安が小さくなることはなかった。そして、私の中で『ある思い』が大きくなっていった。

息子が学ぶ、この学校のことをもっと知りたい。

しかし、私にこの学校について教えてくれる人は、残念ながら当時誰もいなかった。相談できる人もいなかった。だから、私は決断した。

私自身が学校へ行って、自分の目で確かめよう。

息子が中学2年生に進級してすぐ、PTA学年委員に名乗りを上げた。

会合は夜だと勝手に決めつけていたが、土曜日の午後が中心ということだったので、私にとって都合がよかった。入学当初には、まったく気がつかなかったのだが、土曜日には保護者向けの講座が開講されているということだったので、すぐに応募した。こうして私は、1カ月に2~3度は、土曜日に学校へ行けるようになった。

PTAの会合で怒り爆発!

息子が中学2年生になった年の5月末、PTA学年委員が招集され、私はPTA生徒指導委員を務めることになった。ＰＴＡ生徒指導委員会の自己紹介を兼ねた意見交換のときに、私は爆発してしまった。

「息子が中学2年生でお世話になっています、碇です。私はこの学校に対して不安と不満がいっぱいです。元気なあいさつはできない。掃除が行き届かずキレイとは言えない校舎。それを指導できない先生たち。そして、何があっても先生が何とかしてくれると見て見ぬふりをし、先生にすべての責任を押し付け協力しようともしない保護者。子供たちも子供たちですが、先生も先生だし、保護者も保護者で、問題ばかりの学校じゃないですか。それに、中高一貫の進学校だからといったって、年ごろの子供たちが集まれば、その年ごろ特有の問題が私立であろうと公立であろうと起こるわけです。子供たちのために、それについて真剣に考えるのが、私たちの役目じゃないのですか。こんな学校で、これから先も息子が学んでいかなければならないと思うと、不安で仕方ありません」

私の言葉に、二十数名のＰＴＡ生徒指導委員の保護者と数名の先生は凍り付いたように静まり、身動きもせず目を丸くした。

その場にいたすべての人が私を『クレーマー』『モンスターペアレント』と思ったに違いない。「やばいのと一緒になった」と。

しかし、このことをきっかけに、わずかだが先生方が私に興味を持ち始めてくれた。

わが家では、私と妻が『夜の仕事』をしているため、家族が一緒にすごす時間は圧倒的に少ない。息子が日常的に接する人は、私たち親以上に友達であり、先生であり、1日のほとんどを学校ですごす。

さらに中学生にもなれば、親の言いなりになることは少なくなり、考えや行動が親しい友達に影響されるようになっていく。学校の環境、学校生活がこれからの息子の成長を左右していく。だから、私は息子の通う学校が気になった。息子が1日の大半をすごす学校がとても気になった。この学校は息子をどのように成長させてくれるのか。いや、そもそも、この学校は息子を成長させてくれる場所なのだろうか。

息子が通う学校に疑いを持ち始めた私は、もっともっと学校のことを知りたくなり、1年間に予定されている学校行事のすべてに参加してみようと思った。

第11章

学校の先生と仲間になれた。

そして、私も学校通いをはじめた。

先生たちに声をかけよう。

土曜日の午後、私が学校に姿を見せるようになると、まずは先生方が戸惑った。

土曜講習を受講する保護者は、私のほかにも大勢いるが、父親はほとんどいない。また、『夜の仕事』をしているため、他の保護者の方々とは違った雰囲気を漂わせていたのか、あるいは、PTA生徒指導委員会での『爆発』が伝わっていたのかもしれないが、先生方がよそよそしい。気のせいなのかもしれないが、廊下であいさつをしながらすれ違っても、視線すら合わせずに廊下の端を通り、私との距離をおくような雰囲気さえあった。

中高一貫校であるため、先生方の人数自体が多く、保護者についての情報はそれほど共有されていないだろうし、父親が学校へ来ること自体が稀なことだったのだろう。何も情報のない先生方から見れば、学校へ来る父親は、『問題行動を起こした生徒の親』か『苦情を言いに来た親』としか思わないのが一般的のはず。先生方からすれば、正直なところ、関わりを持ちたくない存在だったに違いない。

先生方との距離を感じた私は、当面の目標を決めた。

一人でも多くの先生に声をかけよう。

先生方に声をかけて会話ができれば、その先生の人柄が少しずつわかる。息子が接しているであろう先生方の人柄がわかることで、親である私にとっては息子の学校生活に安心できるようになる。

とはいっても、先生方の私に対する警戒心を解かなければ、声をかけても会話は成立しない。そのためにまず、大きな声であいさつすることを心掛けた。ときには、あいさつの声が大きすぎて、ビックリする先生もいたが、気にしなかった。

もちろん、生徒たちにも大きな声であいさつした。学校行事に参加し、部活動の成績などに気を配り、先生方と共通の話題を常に探した。ときには、学校について疑問に感じたことを、副校長や教頭などの管理職に直接ぶつけることもあった。

学校通いをはじめて半年がすぎると、一人ずつ、少しずつ、先生方と会話ができる機会が増えていった。参観授業日には、会話をした先生方の授業も参観させてもらうようなった。息子の授業態度が許せず、息子の教室から離れたかったことも理由の一つだった。

そのころ、学年全体でシャープペンを手先で回す『ペン回し』が流行っていた。息子はわざわざ、『ペン回し』がしやすいシャープペンを探して買っていたほどだった。参観授業の日も、息子は授業中にシャープペンを回し続けていた。

時間が経つにつれて、息子の身体は前屈みになり、机に胸をつけて腕を机の脇に伸ばしシャープペンを回していた。その息子の態度を目の当たりにし、私は息子のもとへ行き後ろから背中を蹴飛ばそうと思ったが、我慢した。

授業中だったこと、思春期を迎える男の子には逆効果ではないか、先生に野次を飛ばしていた私の中学生時代に比べれば、まだ大人しいほうだと感じたからだった。

息子の授業態度を見続けていては、私自身がイライラする。私自身がイライラしないためにほかの教室の授業を参観するようになった。帰宅後、授業中の『ペン回し』を注意したところ、

「だって、同じことの繰り返しで、授業がつまらないんだもん」

と、言ったので、それ以上は何も言わなかった。

保護者の信じられない発言。

そんなことがあった参観授業日に、私はある保護者の方から衝撃的な話を聞かされた。

私が管理職を始め、先生方に直接意見をぶつけることがあることを、どこからか伝え聞い

たのだろう。

「学校に意見を言って、子供のことが心配じゃないのですか？」

「ええ、子供のことが心配だから、先生方と話をさせてもらっています」

「いえ、そうではなくて、先生に文句を言ったら、イジメられるとか、子供が何かされるとか考えないんですか？　子供は学校に人質に取られているようなものじゃないですか」

「そんなこと考えてもみなかった。保護者のみなさん、そう思ってらっしゃるのですか？」

たしかに、身柄を預けているという意味では『人質』なのかもしれないが、私には考えもつかなかったことだった。

「人質といったって、嫌なら学校へ通わせなければよいだけですし、先生方だって、子供たちを人質だなんて考えている先生はいないと思いますよ」

「そんなこと言ったって、先生に逆らうわけにはいかないじゃないですか……」

「先生に逆らうって、子供のためを思って、意見を交換することは、逆らうのとは違うと思うんですけど」

「でもね……」

その保護者は、そう言いながら居合わせた保護者と顔を見合わせた。

たぶん、この保護者だけではなく、私が思う以上に、同じような考え方を持つ保護者が多いのだろうということは、居合わせた保護者の方々の雰囲気から察しがついた。

同時に、先生と保護者の間には、私が想像している以上に見えない厚い『壁』が存在していることに気づかされた。この壁の存在が、子供たちの成長の妨げにもなっていて、おそらく、その壁を取り除くことも簡単ではないだろうと感じた。

先生と保護者の間に壁が存在していたとしても、先生と保護者の目標とするものは同じはず。ともに『子供たちの健やかな成長』を願っている。どんな先生か、どんな保護者か、先生と保護者の相互理解が進めば、壁は取り払うことができるのではないか。

そう信じたかった。

恩返しのときが来た。

息子が中学3年生になったとき、私は新たな目標を決めた。

子供たちと会話をしよう。

学校へ頻繁に顔を出すようになって、生徒たちの変化にも気がつくようになった。校則を破り、頭髪を染めたり、アクセサリーを身につけたりする生徒。また表情が変わり、明らかに何かを抱え始めた生徒。私が中学高校のときに経験したのと同じような『思い』を味わっているような生徒たちが、目につき始めた。

私がかつて、同じような『思い』を抱いていたとき、ありがたかったのは、祖母の存在であり、祖母が亡くなってからは、幼いころから私を見守ってくれた近所の大人たちであり、友人の親であった。

とくに高校生のころは、何も聞かずに家に招き入れてくれて、食事をご馳走してくれた。自分たちの子供たちと同じように接してくれているようで、私も心地良かった。何より、私のことを気に掛けていてくれることが感じ取れて、嬉しかった。親でもない、先生でもない、友達でもない、友人の親に見守られていると感じられたことは、両親に裏切られたと感じている私にとって、幸せなことだった。

友人の親と同じようなことができるとは思わなかったが、私が『嬉しかったこと』を、息子の友達にもしてあげたいと思った。高校卒業後働いたフランス料理レストランの先輩の、あの言葉にも後押しされた。

私があなたにしてあげたことを
ありがたいと思って、恩返ししてくれる気持ちがあるのなら、
あなたが私と同じような立場になったときに
あなたが私にされて嬉しく感じたことを
あなたの後輩に同じようにしてくれることが
私に対する恩返しだから。

まさに私が受けた『恩』を返すときが来た。
そうすることで、**息子の友達の**『**思い**』**が少しでも晴れて、幸せになり、笑顔でいてくれれば、１日の大半を一緒にすごす息子も、幸せに笑顔でいられると思った。私ができることは、「息子の友達をわが子と同じように見守る」存在でいること、親でも先生でも友達でもない**『**ナナメの関係**』**でいることだった。**

それから、私は学校へ行ったときには、気になる生徒には積極的に声をかけた。もちろん、はじめのうちはあいさつを交わすのも精一杯だったが、次第に会話ができるようになっていった。

会話といっても、思春期の生徒たちだから、ひとことふたこと話せるだけだったが、それでよかった。『見守っている』というメッセージさえ伝えることができれば、十分だと思っていた。そして、9月の文化祭をきっかけに、私と生徒たちとの『距離』は一気に縮まることになる。

9月の第2週末に開催される文化祭では、高校生を中心とした実行委員会と先生方がすべての企画を採点し、優秀な企画を選出する。その最高の栄誉が『最優秀賞』だった。その『最優秀賞』を中学3年生のときに受賞することが、いつのころからか伝統的な目標になっていた。

中学3年生の息子のクラスは『最優秀賞』を目標にして、『火垂《ほた》るの墓』という劇を企画した。文化祭の1カ月以上前の、夏休み前から準備を始め、夏休み後半は劇の練習が連日続いた。激励を兼ねて、練習の様子を覗きに行った私を、担任の先生と学年主任は快く受け入れてくれて、練習が終わると私にアドバイスを求めた。

私も気がついたことを生徒たちに率直に話し、小道具係だった息子にも改善を求めた。その後も、私は何度も練習に参加し、意見を続けた。結果、息子たちのクラスは目標だった『最優秀賞』を受賞できた。

息子をはじめ、生徒たちは目標を達成し、誰もが喜んでいたが、息子たち以上に私自身が嬉しかった。生徒たちと先生と同じ目標に向かって練習を重ね、目標を達成できたことは、大学受験を含めたこれから先に大きな希望が持てるような気がした。

先生方と距離を縮めてしまえば、保護者と先生は同じ目標に向かうかけがえのない『仲間』になれることがわかったのは収穫だった。

『覚悟』としてのトイレ掃除

文化祭で、学年主任、担任をはじめ、先生方と距離が縮まり始めたころ、私の中で大きなでき事があった。

授業のテキストが多用される定期考査に、大学入試に対する不安が大きくなっていた私だったが、数回受験した全国模擬試験で、息子が想像以上の成績をおさめ続けたのだ。講師が難病を患ったため、塾を辞めて1年以上が経ち、授業と家庭学習が中心の息子が継続的に全国模擬試験で好成績をおさめたことは、私にとっては大きな驚きだった。『息子が高得点をとるような定期考査』と、少しバカにしていた定期考査だったが、全国模擬試験の結果を見れば、『息子に学力をつけさせる定期考査』と考えを改めなければならなくなった。確実に息子の学力が上がっていると思えた。

「全員に東大に合格させるだけの学力をつけさせます」

と、言った学年主任の言葉は、嘘ではなかったのかもしれない。そしてこのとき、

「学年主任の方針に従って、息子が勉強を続けることができれば、本当に息子は東大に合格できるかもしれない」

と、思い直し、定期考査についての私の誤った考えを反省した。

文化祭で先生方との距離も縮まり、全国模擬試験で息子が好成績だったことで、それまで『信頼』よりも『不安』のほうが大きかったのだが、不安は消え去り、私の中で先生方に対する信頼が強くなった。息子たちの『健やかな成長』のために、先生方に協力できることはないのだろうか、私のできることはないのだろうか、と考え始めた。

考えた末に、秋の参観授業の日、私はトイレ掃除を始めた。

「掃除が行き届いていない」「トイレが汚い」「あいさつができない」などと、**先生方と学校を批判していても何も変わらない。まずは私が協力する姿勢や『覚悟』を示さなければならないと思った。**

また、先生方と話す機会が増えたことによって、先生方の負担も少しは理解ができた。

こうして私は参観授業の日にトイレ掃除を始め、息子が高校生になると、全学年のフロアにある男子トイレの掃除をしていた。

そのおかげで、参観授業だというのにイライラしてしまう息子の授業の様子を観ることもなくなった。私が参観授業の日にバケツを持ち、トイレ掃除をすることで、生徒たちとの会話も増えた。

トイレ掃除は、先生方と生徒たちと私の『距離』をさらに縮めてくれた。

先生との壁は、取り払われた。

息子が高校1年生になったとき、息子の大学受験を見据えて、学年主任に相談した。

「私も妻も大学受験を経験していません。正直なところ息子の大学受験に対して、不安ばかりです。親として、どのように息子の大学受験に関わればいいのか、わかりません。かなりの学力がつき、息子が東大を目指せそうなところにいること、大きな問題もなく、楽しそうに学校生活を送れているのは、先生方や息子の友達、学校のおかげだと感謝しています。**息子だけでなく、息子の友達が全員志望校に合格できるようにするには、私はどうすればよいですか。先生方に協力させてください。**息子の友達が全員志望校に合格できたら、息子も合格できるような気がするんです」

はじめは困ったように無表情だった学年主任だったが、私の真意を理解してくれたのか、力強く、「わかりました」と返事をしてくれた。

私は事あるごとに学年主任を訪ねた。学年主任と息子のことだけでなく、いろいろなことを話すこと、『対話すること』によって、学年主任の考えを理解できるようになっていき、学年主任も私を理解してくれた。

私は、あることに気がついた。

先生と保護者が対話し、お互いを理解できれば『壁』を取り払うことができる。

お互いが理解できなければ、『不安』が増え、さらに大きくなれば、不安はやがて『不満』へと変わっていく。なのに、先生と保護者が『対話すること』はかなり少ない。だからお互いが理解できない。理解するための情報もほとんどない。

このことは、先生と保護者だけでなく、どこでも起こりうる話だと私は思った。職場でも、友人関係でも、そして家庭でも。

先生任せでは、提供される情報も少ない。少ないというよりも、保護者には伝わらない。学校や先生方は書面、『お手紙』で情報を提供する。だが、思春期の生徒たちを介する『お手紙』が保護者のもとへ届くことは少ない。保護者が得る学校の情報は、圧倒的に少なくなる。そう思った私は、当時始めたブログに私の見た学校行事の様子を拙い文章で書きこんで、情報を提供し始めた。ブログを始めるきっかけをくれたのが、あるスクールカウンセラーだった。

スクールカウンセラーとの出会い。

私は、自分の感覚で子育てをしてきた。その感覚とは、自分がされて嬉しかったことをしてやるより、されてイヤだったことをしない、ということだった。ブログを始めるきっかけをくれたそのスクールカウンセラーに出会ったことによって、それまでの私自身が経験した過去の親子関係や子供のころの感情を思い出しながら、「あのとき、親にこうしてほしかった」「あのとき、自分はこんな気持ちだった」という自分の生い立ちを整理できた。整理できたことで、感覚に頼った子育てが間違っていなかったと自信を持つことができた。

そのスクールカウンセラーとの出会いは、とても不思議な出会いだった。

息子が小学校の中学年くらいのときだった。事業をすべて失敗し、金銭苦のとき、お店の仕事が終わったあと、早朝アルバイトをしていたファミリーレストランで、私は彼と出会った。私が働き始める以前から、彼はそのファミリーレストランの常連として毎朝来店していたらしい。

田舎町とはいえ、喫茶店なども少なくモーニングサービスを提供する飲食店も少なかったので、私の働いていたファミリーレストランはそれなりに賑わっていた。毎朝8時ころに来店する彼は、毎朝同じ席に座りアイスコーヒーを注文した。いつも座る場所に先客がいると先客が帰るのを待って、その席へ移動する。そして何をするでもなく携帯電話を手にしていた。灰皿をいっぱいにするほどの愛煙家で、服装は常に黒いウインドブレーカーの上下。ときには携帯電話を手にしたまま、トイレに行くこともあった。

小柄で色黒、髪の毛もフサフサしていたので私よりも若く見えたが、『黒尽くめで携帯電話を手放さない怪しい男』。それが、私が彼に持った第一印象だった。さらに常連のお客さんたちでも午前9時をすぎるころにほとんどが帰っていくのに、彼はお昼まで携帯電話を手にそこに居続けたのだから、仕事をしているのかさえ怪しいと思っていた。

気になったことを、そのままにしておくことができない好奇心旺盛な私は、毎朝来店する『怪しい男』に興味を持ち始めた。お客さんのプライベートに触れることは本来いけないことなのだろうが、私はホールスタッフに彼の素性をたずねた。怪しい男が危険人物かもしれないという警戒心も、そうさせたのだろう。すると意外なことに、彼はホールスタッフの子供が通う塾の先生、塾の経営者であることが判明した。

塾の経営者ということで、子供たちが学校で授業を受けている間は時間が自由になり、昼ごろまでファミリーレストランに居続けられることに納得ができた。無職という疑いは晴れたが、依然として彼が黒尽くめで携帯電話を手放さない怪しい男であることに変わりはなかった。

それからしばらくして、私はある行動に出た。

早朝のファミリーレストランで私は調理を担当し、キッチンで働いていた。まれに早朝でホールスタッフがいないときにはキッチンではなくホールスタッフとして働くこともあり、少し禿げかけた風貌と物怖じしない態度から『店長』に間違えられることもあった。

ある日、怪しい男に話しかける絶好の機会が訪れた。午前9時をすぎて、朝の忙しい時間が終わり、店内が落ち着き始めたころ、怪しい男の隣の席に座るお客さんが帰った。私は意を決して、片付けのために怪しい男の隣のテーブルへ向かった。テーブルの上を片付けながら、隣の怪しい男に声をかけた。

「おはようございます。いつもありがとうございます」

怪しい男は、見続けていた携帯電話から目を離し、にこやかにあいさつを返してくれた。その笑顔を見る限り、怪しい男は危険人物ではないということが判断できた。少し安心した私は、怪しい男の気分を害さないように恐る恐る質問を続けた。

「つかぬ事をお伺いしますが、携帯電話をトイレにもお持ちになるほど、肌身離さずお持ちになっていますが、ゲームか何かをされているのでしょうか？」

すると、怪しい男は人懐こい笑顔で、

「いやぁ、実はコラムを書いていて、思いついた言葉を忘れないように書き留めて携帯電話に打ち込んで、自宅のパソコンに送信しているんだ」

「そうなんですか。てっきりゲームに没頭されているのかと思っていました。申し訳ありません」

「そうだ。ちょうど貸したものが返ってきて手元にあるから、子育てについてのコラムだから、よかったら読んでみない？」

と、怪しい男は私に厚めのファイルを差し出した。普通なら怪しい男から差し出されたファイルを受け取ることはないのだろうが、私は怪しい男の素性や考えを知りたくて、そのファイルを受け取った。このファイルは、のちに彼が出版した著書『魔法の就活　親子関係からの自己肯定感が内定を決める』の原稿だった。

その受け取ったファイルを読むことによって、怪しい男の正体が徐々にわかってきた。塾を経営すると共に、茨城県青少年心理アドバイザーでカウンセラーであること。複数の高校でスクールカウンセラーを務めていること。息子が通う学校の卒業生であること。さらに、子供たちの『自己肯定感』『興味関心づくり』『習慣づくり』を重視した家庭教育の重要性を提唱したコラムの多くに私は共感でき、これまでの生い立ちや感覚に頼った私の『子育て』に自信が持てた。

このことによって、私の中で怪しい男が『面白そうな男』へと変わっていった。それから時間を作って、話をする機会も増えていった。愛煙家であるがゆえに衣服にタバコの臭いが付かないようにとウインドブレーカーを着ていたこと、携帯電話のバッテリーを充電するためコンセントのある席に拘《こだわ》ったことも聞かされた。

また、彼が鹿嶋市教育委員会で主宰していた社会人講習塾へも誘われ、参加するようになった。ここでは『お店』の仕事だけでは出会えない人たちと語り合う機会ができ、自分の考えや気持ちを話した。うまく話せているはずなのに、自分の考えや気持ちが正確には伝わらないもどかしさを感じた。その様子を見た彼は、私に考えや気持ちを言語化し、『書く』ことを勧めた。『書く』ことによって自分の考えや気持ちを可視化でき、伝えたいこと、伝えにくいことが整理されていくのだという。

たしかに、書いてみると考えをより深められ、伝えたいことが正確に伝わるようになっていき、嬉しくなった。私は彼のおかげで伝える喜びを知り、次第に彼は『信頼できる男』になっていった。

彼が、息子のことを褒めた理由。

彼が、『頭のいい人』を『勉強ができる人』ではなく、『優先順位が明確な人』と定義していたことも、私には新鮮だった。それまでの私は、自分の考えや気持ちを言語化するという習慣がなかったため、『言葉の定義』にそれほどの関心を持っていなかった。しかし、お店の女の子たちと接していると、日常的に話がかみ合わないことがある。また、息子が幼いころも話がうまく続かないことがあった。

「言葉の意味がわかっていないな」と思っていたのだが、思い返すと『言葉の定義』を共有していなかったということなのだろう。言葉を定義することの重要性を知ったことで、私の中でなんとなくモヤモヤしていたものが晴れて、スッキリしていった。さらに書くことを習慣づけるためにと、彼に勧められてブログを始めることになったのだった。

息子が中学3年生の冬、高校1年生の夏休みに実施される海外研修の選抜試験の志望理由書対策のため、3カ月間だけ息子を彼の塾へ通わせることにした。学力的なことよりも、息子自身の内面に向き合わせることが目的だった。いわゆる『自分探し』だ。

彼は、『己を知る』『社会を知る』『社会と自分の関わりを知る』ことを目的とした独自のワークシートを活用して、潜在的な考えや思いを引き出し、難関大学の人物重視のAO入試において、数多くの合格者を輩出していた。私自身も、そのワークシートによって自分自身をより深く理解した一人だ。私自身の経験からも彼を信頼できた。彼の『引き出す』能力に、息子を託そうと思った。もちろん、中高一貫校で高校受験がないことによる『中だるみ』を防ぎ、中学校生活を総括させるためでもあった。

「塾への行き帰りの時間がもったいない。その時間でゲームをしたり漫画を読みたい」と言いながらも、週に1日2時間お世話になるということで、息子は彼の塾へ通いだした。

数日後、塾長である彼が息子を褒めた。

「初日に使った辞書を自分で元あった場所を探して、片付けて帰ったのには驚いたよ」

正直、私は彼が息子の何を褒めているのか、まったくわからなかった。改めて聞き直すと、初日の塾生には辞書を手渡しているので、ほとんどの塾生が自分で片付けようとはせず、片付けようとしても、元あった場所をたずねてから片付けるらしく、息子のように何もたずねずに元の場所に片付ける生徒はめずらしいということだった。『使ったら戻す、元の位置』という合言葉で育った息子にとっては、当たり前のことをしただけのはずだった。彼に息子を褒められるのが、不思議な気持ちだった。

彼が言うように、ブログを書くようになって、洞察も深まり自分の考えを整理できるようになった。伝えたい対象が明確になったことで、私のブログは学校のでき事ばかりになっていった。

誤解のないように注意を払い、学校や先生方の考えや様子を書き込んだ。次第に先生と保護者の『距離』が縮まり、見えない『壁』はだんだんと薄くなってきているように感じた。もう子供たちは『人質』ではなくなった。

いよいよ大学受験が現実味を帯びた課題になってきたとき、学年主任は学年指導の方針を打ち出した。

大学受験は団体戦である。

「息子の友達が全員志望校に合格できれば、息子も東大に合格できる」と考えていた私は、学年主任のこの言葉に共感した。

一人では長く険しい道でも、ともに歩く仲間がそばにいれば、歯を食い縛りながら前へ進むことができる。ともに進む仲間がいれば、喜びを分かち合える。見守って応援してくれる人がそばにいれば、やり遂げられる。やり遂げることができれば、夢は叶うはずだ。

息子たちと共に戦おう。

私の夢は、息子の東大合格ではなく、息子の同級生、全員合格に変わっていった。

大学受験は、受験生同士が個人で戦う『個人戦』という印象だったが、目の前の学年主任は『団体戦』だと言い切った。『最後まで成し遂げること』、つまり、大学入試の後期試験まで戦い続けることを目標とした。野球部の顧問をしていることも、彼がそういった考え方を持つ理由の一つなのだろう。

『団体戦』だと聞いた瞬間は、違和感を覚えたが、私が中学生時代に全国大会を目指し、夢中になったサッカーに置き換えて考えてみると、すぐに違和感がなくなった。

息子たち受験生を『選手』、学年主任を『監督』、先生方を『コーチ』に置き換えてみた。もちろん、保護者は『応援団』だ。目標は全国大会出場だ。目標を全国大会優勝にしてしまうと、優勝校は一校だけになってしまうので、大学受験には当てはまらない。

選手たちは全国大会を目指して、日々練習を重ねる。全国大会に出場するには、ときには、練習が終わった後に立ち上がれなくなるほど練習しなければならない。それほど練習したからと言って、必ず全国大会に出場できるわけではない。それでも選手たちは練習を重ねる。

監督は選手一人ひとりの性格や特徴を見極め、能力を引き出すように指導し、戦術を練る。コーチはポジション、選手の能力に合わせて練習方法を考慮する。試合に出場できる選手は限られていて、野球なら九人、サッカーならば十一人だ。でも、試合に出場する選手、いわゆるレギュラーだけが厳しい練習を積み重ねても、そのチームはあまり強くはならない。スター選手が一人だけでは勝てない。選手層の厚さがチームの力となる。

また、チームの規律やルールを選手全員が守れないと、チームは強くなれない。さらに一人ひとりの能力を引きあげるためには、チーム全体が強くなることが重要になってくる。このように考えたら、学年主任の言葉がしっくりときた。

第12章

受験における親の役割って何だろう。

サッカーに例えるとわかりやすい。

受験でできる、親の役割は何か。

私が20代前半だったころ、小学生の選抜チームのコーチとしてサッカーを教えたことがある。県大会でも常にベスト4に入る強豪チームで、私が中学生だったころと同じように全国大会を目標にしていた。結局、全国大会に出場することはなく、私はその選抜チームのコーチを辞めた。私のコーチとしての能力不足だが、小学生たちに伸び伸びとサッカーをやらせてあげることができなかったことが原因だった。

県大会でベスト4に入る実力があるチームだったので、当然、保護者たちの期待も大きかった。練習試合でも、たくさんの保護者が駆けつけ応援してくれた。たくさんの保護者の応援はプレーする小学生たちにとっては大きな力となったが、その一方でプレッシャーにもなった。応援する保護者のほとんどが常に『勝利』を望む。さらに、いつも応援に駆け付けていれば、次第にサッカーにくわしくなり、声援が指示に変わっていく。ときには監督以上に指示を出し、それが戦術とは違う指示になることもあり、プレーする小学生たちを混乱させた。

プレーする小学生たちは、誰からの指示に従えばいいのかわからなくなり、プレーに精彩を欠いていった。なかには自分の意志でプレーするのではなく、監督や保護者の指示を

待ってプレーする小学生も現れ、指示されるままにプレーするようになっていった。その表情は暗く、楽しそうにサッカーをしているようには思えなかった。

小学生たちの、その表情を見るのが私は辛かった。そこで私は『役割』の重要性を学んだ。監督には監督としての役割があり、コーチにはコーチの役割がある。保護者には保護者の役割があるわけで、保護者が監督の役割を果たすことはできない。できないというより、やってはいけない。

それぞれがそれぞれの『役割』を果たすことでチームとしてまとまり、信頼関係が強くなっていく。さらに、信頼関係が強くなっていくことで、チームとしても強くなっていく。

大学受験が団体戦というなら、チームとして保護者の『役割』を果たすことできれば、息子たちを志望校に全員合格させることができると思った。

私は、保護者にしかできないこと、保護者がやるべきこと、保護者の『役割』とは何かを考え始めた。

家族だって、一つのチームだ。

学年全体を一つのチームとするなら、各家庭も一つのチームとしてみることもできる。

家庭という小さなチームが集まって、学年全体のチームができあがる。学年全体としてのチームが目標を達成するには、そこに集まる小さなチーム一つひとつがチームとして、目標を達成しなければならない。

学年の目標が『最後まで成し遂げること』なのだから、家庭の目標は最後まで成し遂げることのできる『環境を整えること』。学年全体のチームとしての指揮官は学年主任。家庭としてのチームで親はマネジャーである。プレーするのはどちらのチームでも息子たち受験生だ。学年主任も親である私も、息子たちに代わってプレーすることはできないし、フィールドに立つことさえできない。

親は、プレーヤーである息子たち受験生が気持ちよく実力を発揮できる環境を整えることを考えなくてはならない。でも、マネジャーだからといって、プレーヤーのすべての世話をするわけではない。プレーヤー自身ができることとできないことを見極めて、手を差し伸べなければプレーヤーは成長しない。

そこでまずはじめに、私は『最後まで成し遂げる』ために、息子のモチベーションを上げることを考えた。どんなことにも『聖地』というものがある。サッカーであれば国立競技場（建て替えのために取り壊された）、高校野球であれば甲子園、高校ラグビーであれば花園ラグビー場、それぞれに聖地というべき憧れの場所がある。私も中学生時代にサッカーに明け暮れていたころは観客席スタンドが付いた競技場に憧れ、いつかこの競技場でプレーがしたいと思い練習に励んだ。

聖地を目の当たりにすると、モチベーションは上がるに違いない。息子が東京大学を受験するとなれば聖地は、東京大学の象徴とされる赤門や安田講堂がある本郷キャンパスだ。極東の僻地に住む私たち親子にとって、東京大学のキャンパスは近くて遠い場所。息子が東京大学の受験を考えなければ、絶対に足を踏み入れない場所だ。

梅雨明けも近い日曜日、私は妻と息子を連れて、行き先をくわしく告げずに東京へと出かけた。東京駅から丸ノ内線に乗り換えるころ、息子は行き先に気がついたのか、口数が減ってきた。どちらかと言えば、「そこには行きたくない」というような表情だった。

梅雨の晴れ間の強い日差しと暑さのせいなのか、息子の表情は険しく、足取りも重い。赤門に着くころには、妻は私の数歩後ろを、息子はさらに妻の後ろを歩いていた。

はじめて訪れた東京大学本郷キャンパスで、まずはその広さに圧倒された。

東京の中心地に想像できないほど、広い敷地のキャンパス。見慣れない建築様式の建物の風格が、東京大学の歴史と存在意義を、無知な私に語り掛けているようだった。日本ではない場所にいるような錯覚に陥りながら、建物の間を進み、もう一つの東京大学の象徴である安田講堂が見えたときには、息子よりも私のほうが東京大学の虜になっていた。

「中学生のころにここに来ていたら、ちゃんも東京大学を目指していたかもしれないな」

感動のあまり、私の口からもれた。

振り返ると、息子の表情は一層冴えない。はじめて聖地に足を踏み入れた息子のモチベーションは、表情から察するに、私以上には上がっていないように思えた。

しかし、高校1年生の息子が、親である私の考えを素直に受け入れるとは考えにくい。大学受験まではまだ3年近くの月日がある。徐々にモチベーションが上がってくればいいと思い、息子には何も言わずに、本郷キャンパス内を散策した。

案の定、息子はその年の夏休みの課題だった志望大学レポートでは、別の大学を訪問し、レポートを提出していた。そのことに少し苛立ちを覚えたが、ここで私が何かを言ってはいけないと思い、そのレポートについて何も言わず黙っていた。私は夏休みの終わりにも、息子を連れて聖地を訪問した。

高校2年生になるころに、大学1、2年の教養課程は、駒場キャンパスということと、文系の二次試験の会場が駒場キャンパスであることを知ってからは、駒場キャンパスへも息子を連れて出かけた。駒場キャンパスを訪れたときも、息子の表情は冴えなかった。

しかし、息子のモチベーションの向上にまったく効果がないとは思わなかった。私自身の学生時代を思い返して、思春期特有の男の子の態度として理解していたからだ。

学年主任と一緒に果たした役割。

極東の僻地に住む息子が大学受験をする際には、試験当日に試験会場へ出かけることは、遅刻などのリスクが高い。鉄道などの公共の交通機関も試験会場まで整備されておらず、移動時間が1時間半以上かかることを考えると、身体的にも精神的にも負担が大きい。そのリスクと負担を回避するには、入学試験前日に試験会場の近くに宿泊することが理想的だ。事実、大学入試センター試験の際には、学校が宿泊施設を用意し、前日から宿泊することが毎年の恒例となっていた。

さらに、入学試験の時期には雪が降ることもあり、雪が降った場合を考えておくことも重要だ。そう考えた私は、学年主任に「早いうちに手を打っておきたい」と相談した。高校2年生になったばかりで、ほかの保護者は「まだ早すぎる」と口々に言っていたが、学年主任は私の言葉を聞き入れてくれた。

私と同じように大学受験、とくに大学入試センター試験の際の宿泊施設の重要性を認識していた学年主任は、息子たちの大学入試センター試験まで1年半前の高校2年生の夏休みに、宿泊施設を利用して希望者を募り、学習合宿を実施した。

学習合宿に利用した宿泊施設は、例年試験会場となる大学から徒歩圏内、降雪や積雪が残っていて、交通機関が乱れても、余裕をもって試験会場へたどり着けることが第一条件として選ばれた。

また、息子たち生徒自身が宿泊施設を実際に利用することで、設備や食事など宿泊施設に対する不安もなくなる。私たち保護者の立場でも、宿泊施設に対する不安がないわけではなかったので、学習合宿が実施されたことは予行練習にもなり心強いことだった。

私自身、学年委員の方と学習合宿の様子を視察し、保護者に向けてレポートを作成し、報告した。学習合宿は、大学入試センター試験の時期に合わせ、翌年2月にも実施された。

また、この宿泊施設以外の施設も利用しなければならないことを想定して、別の宿泊施設を学年主任とともに視察した。その後、学年主任と私はその宿泊施設から試験会場となる大学まで、雪が積もる道を想定しながら、プロゴルファーとそのキャディがゴルフコースを下見するように、交差点までの時間を計りながら肩を並べ歩いた。その姿は、同じ目標に向かってともに戦う『仲間』以外の何物でもなかった。

『監督』である学年主任の緻密な計画によって、不安が取り除かれ、学年主任を中心とした先生方、保護者、息子たち受験生の三者が一体となって、同じ日標へ向かう環境が整っていった。

母の役割、そして父の役割。

もちろん、わが家でも大学受験に向けて、高校2年生の冬ごろから具体的に取り組み始めた。大学受験を全国大会と見据えたときに、実戦経験を積むことのできる練習試合は必要だ。練習試合といっても身近な場所、いわばホームでの練習試合と見知らぬ場所、アウェーでの練習試合では、移動時間なども含め、コンディションの整え方などが違ってくる。すべてが思い通りになるわけではなく、持てる実力を発揮できるとは限らない。強豪が集まる全国大会となればなおさらだ。不慣れな環境でも、実力を発揮するためには、ある程度不慣れな環境に対応できるだけの経験が必要となる。大学受験の練習試合といえば、模擬試験。身近な場所、普段から生活する学校での校内模擬試験だけでは、不慣れな環境での大学受験に対応できない。

その不安をなくすために、息子には都内の予備校で実施される模擬試験を受験させた。トイレの位置さえわからない不慣れな予備校で、見知らぬ強者と模擬試験を受験することは、息子にとっては有意義だと考えたからだ。

東京大学の二次試験のための宿泊施設も探し始めた。もちろん、二次試験は2月下旬に実施されるため、降雪、積雪による交通機関のマヒを考え、二次試験会場である駒場キャンパスまで徒歩で行ける宿泊施設に決めた。都内での模擬試験の場合には、この宿泊施設を必ず利用するようにした。

息子が都内の模擬試験を受験するときには二次試験のことを想定し、夕食と朝食はどうするのか、宿泊施設の設備に不都合はないかなど、実際に宿泊した感想をもとに息子の不安を少なくするように考えさせ、話し合った。

もちろん、思い通りの結果を得られなかったときのことを想定した話し合いもした。結局、**二次試験を息子にとって不安のない環境で受験させることが、唯一私にできる『役割』だと思った。それしか、息子にしてあげられることはなかった。**


息子が不安なく、実力を発揮できるような環境を作り出すことが私の『役割』だが、妻の『役割』は息子を普段通りに生活させることだった。毎日同じ時間に朝食を用意し、同じ時間に息子を学校へ送り出す。学校から帰宅する時間を見計らって夕食を用意し、仕事へ出かける。

笑顔を絶やさず、模擬試験の結果に一喜一憂せず、『夜の仕事』だからと言い訳もせず、母親として当たり前のことを当たり前にしていた。妻は無意識のうちにしていたことなのだろうが、それが妻の『役割』だった。

妻も私も、息子の大学受験に悔いを残したくなかった。大学受験に対する息子の不安を少しでも減らすこと、それは私たちの不安を取り除くことでもあった。それこそが、親としての『役割』だと思った。

こうして、わが家では息子、妻、私がそれぞれの『役割』を果たし、チームとしてまとまっていった。**お互いが自分の『役割』を果たすために努力すると、信頼関係がさらに強くなる。信頼関係が強くなると、不安も少なくなる。不安が少なくなれば、自分の『役割』を果たすことも容易になる。わが家は『チーム』としての力をつけていった。**

メンバーそれぞれが、役割を果たせたら。

学年全体も、学年主任を中心とした先生方と保護者との信頼関係も強まり、息子たち受験生を含めた三者がそれぞれの『役割』を果たしていた。『最後まで成し遂げること』を目標に、団体戦を戦う『チーム』として強くなっているように思えた。

息子にとっては、家庭でも学校でも、不安の少ない最高の雰囲気で大学受験を迎えることができる環境が整い、あとは試験当日の体調だけが心配になったとき、新たな不安が私を襲った。

「当日、息子の体調が悪かったら、すべてが水の泡だ」

こう考えた瞬間、私は身震いするほど不安になった。

1日1日が、1週間がそれまでより長く感じられるようになってきた。

「はやく大学受験が終わりこの不安から解放されたい」

と、心の底から思った。

私立中高一貫校へ進学する条件とした自転車通学さえ、風邪を引いてしまうのではないかと心配になり、止めさせたくなった。寒い朝には、妻が「自動車で息子を学校へ送っていく」と言い出せばいいのに、とさえ思ったほどだった。

また、帰宅時間が少しでも遅くなると、事故にでもあってしまったのではないか、何かトラブルに巻き込まれてしまったのではないかと、6年前の入学当初と同じようなことが私の頭の中をよぎり、不安になった。本人が風邪を引く分には、本人の責任だが、私が風邪を引いてしまい、息子にうつしてしまったら、これまで努力してきた息子に申し訳ない。「風邪を引いてはいけない」という大きなプレッシャーが、私を襲った。

よく考えれば、私以上に息子のほうが不安とプレッシャーは大きいはずだ。親である私が不安やプレッシャーを表面に出してしまっては、息子がさらに不安になる。私自身の不安とプレッシャーを封じ込めるため、『普段通り』を心掛けた。

心掛けたというよりも『普段通り』を装っていた。一般的な受験生の親ならば、するはずのないことも普段通りに続けた。たとえば、息子が小学生のときから愛読する漫画雑誌を、息子が高校を卒業して家を出ていくまで、毎週買い続けた。普段通りに生活することで、私の不安とプレシャーを小さくしたかった。受験勉強をしている息子を買い物に誘ったりする普段通りすぎる妻が、そばにいてくれたおかげでもある。

起こるかもしれないと考えられるほとんどのことに対策を練り、それなりに対応できるだけの経験を積んだ息子は、咳一つすることなく年を越し、最高のコンディションで大学入試センター試験を迎えた。

大学入試センター試験前日の午後、先生方や後輩たちに見送られてバスに乗り込み出発していった息子たちの姿を見たとき、一つのヤマを越せたとホッとした。とりあえずは、親としての『役割』を果たせたような気がした。

だが、ホッとしたのも束の間、私たちの目の前には、まだとてつもなく険しい大きなヤマがそびえ立っているように思え、大きな不安とプレッシャーが今まで以上に私を襲ってくるようだった。

第13章

人間性の勝利を目指して。

子供は、親がしたようにする。

勉強だけできても、意味がない。

「少しばっかり勉強ができるからって、何でも許されると思ってんじゃないよ！」

高校の入学式の日、日も傾き、少し肌寒くなり始めた入学式後の高校棟の玄関で、私は息子を怒鳴りつけたことがあった。

息子が通った学校は中高一貫校だが、高校進学時に1クラスだけ外部の中学校からの新入生を受け入れる。息子のように内部進学する生徒たちにとって、高校の入学式はある意味、通過儀礼のようなものだ。私自身、息子が中学校へ入学したときのような喜びは感じられなかったが、それなりに感慨深いものがあり、妻とともに入学式に参列した。入学式終了後には、正面玄関前のロータリーでクラスごとの記念撮影が行われた。

入学を喜ぶ保護者も一緒の記念撮影ということもあって、撮影の進行にも時間がかかっていて、この様子だと5クラスすべての記念撮影を終えるころには、日も傾き寒くなってしまうのではないかと心配になっていた。

徐々に撮影も進み、やっと息子のクラスの記念撮影になったとき、妻と私は用意された踏み段の一番後ろ、最上段の右端に並んだ。生徒も保護者もそれぞれの準備が整い、カメラマンがカメラに手を添えようとしたとき、生徒が声を上げた。

「あれ、碇がいない」

その声に、撮影のために静かになっていたその場がざわつき始めた。慌てた担任があたりを見回し、息子の名前を呼んだが息子の姿はそこにはなかった。その直後、私はハッとし、踏み台から降りた。

「先生、申し訳ありません。息子は写真に撮られるのが嫌で、いないのだと思います。息子抜きで撮影してください」

冷静を装って、息子抜きで記念撮影をしてもらうようにお願いした。


中学生になってから、息子は写真に撮られることを極端に嫌がった。体育祭や文化祭などの学校行事の後に、友達が集まって撮影するようなスナップ写真にさえ、息子の姿はない。息子たちの卒業記念に、スライドDVDを私が編集したのだが、そのために集められた6000枚以上の画像の中にも、中学生のころの息子の姿はなかった。中学校入学式の記念写真以外、息子の姿が収まった集合写真は中学3年生の修学旅行の1枚だけで、その唯一の写真でさえ、息子が自宅へ持ち帰ってくることはなかった。

それほど写真に撮られることを嫌がる息子だったので、「いない」と聞いたときには、姿が見えないことを心配するよりも、正直呆れた。4カ月先のことを考えると、ゾーッとして背筋が凍る思いがし、次第に怒りが込み上げてきた。

このときすでに、息子は4カ月後の夏休みに、オーストラリアにある姉妹校へ学校を代表して派遣されることが決まっていたのだ。二十名の生徒たちが一緒に派遣される海外研修では、写真を撮る機会が多くなることも想像がつく。もし、今回と同じようなことがオーストラリアで起こったら、写真に撮られるのが嫌だからと、黙ってその場を離れるようなことがあったら、引率した先生方に大きな心配と負担、迷惑をかけてしまう。

はじめて海外へ出かける息子が、そのまま迷子になってしまうことだってあり得る。そう考えたとき、**私は息子を許すわけにはいかなかった。写真に撮られることを嫌ったことではなく、黙ってその場を離れていなくなったことが許せなかった。**

私は、記念撮影が行われているロータリーを離れ、息子を見つけ出すために教室へ向かった。このとき私の頭の中では、息子が幼いころに好きだった怪獣映画のテーマ曲が流れていた。そして、そのテーマ曲は教室へ近づくにしたがって、段々と大きくなっていった。

テーマ曲が私の頭の中で大音量で響き渡り、怒りが頂点に達しそうなころ、教室のうしろをウロウロとし掲示板を見ている息子を見つけた。テーマ曲の大音量と怪獣の遠吠えが重なった瞬間、私は息子の後ろ襟をつかんで教室から引きずり出した。

「どうして黙っていなくなったんだ。あなたが写真に撮られたくないという気持ちは理解できる。しかし、あなたが黙っていなくなったことで記念撮影が中断し、進行が遅れたんだぞ。そのことでクラスのみんなや、段々と寒くなってきている中で記念撮影を待っている他のクラスのみんなに迷惑がかかるんだぞ。写真に撮られたくないのなら、その旨を先生に伝えておけば、みんなに迷惑がかかることはなかったはずだ。今回と同じようなことが、夏休みに行くオーストラリアで起こったら、引率してくれる先生方に申し訳がない。そんなこともわからないなんて、人としてどうなんだ。そんなことなら、オーストラリアへは行かなくていい。あなたは辞退して、他の人に行ってもらいなさい」

怒りを抑えながら冷静に言ったつもりだったが、隣にいた妻と記念撮影を終えて教室へ帰ってきた担任には、そうは見えなかったようだった。

「少しばっかり勉強ができるからって、何でも許されると思ってんじゃないよ！　もう義

務教育ではないのだから、高校を辞めて働いて、人としてどう生きていくのか考えなさい」

と、続け、上履きのまま息子を自宅に連れて帰ってきた。

上履きのまま自宅へ帰ってきて、自分の部屋の机の前に座った息子は黙ってうつむいたままだった。2時間ほど経っても、その場でうつむいたままだった息子を心配した妻が、息子に声をかけ、私との仲を取り繕った。

息子は二度と同じようなことはしない、学校は辞めたくはないと反省したので、何が問題で、その問題を回避・解決するにはどうしたらいいのか、見極められる人として成長することを条件に、息子を許した。

子供は、親のするように育つ。

息子が保育園に通っていたころ、私は子供たちの様子から、その子供の保護者を見つけることが得意だった。とくに女の子の様子を見ていると、その女の子の母親を見つけ出すのは容易だった。言葉遣いや仕草が似ているからだ。

女の子の場合、言葉遣いは恐ろしいほどそっくりだ。子供と母親は接している時間が長いので、子供がよくも悪くも母親に似てくるのだろう。似てくるというよりも子供が親の言動を真似るのだろう。いわば、子供は親の鏡なのだ。

そっくりで当たり前ということだ。そう考えると、恐ろしくなった。息子は、妻や私を真似ながら成長していく。妻や私の言動が息子の人格を形成していく。息子を躾けるということは、私自身が襟を正し、お手本になるということだ。

お手本になるといっても、私に難しいことはできないし、続かない。普段の生活を見直し、意識すればできることで続けていけることを探し、たとえば、トイレの便座のふたを閉めるようにした。あいさつは欠かさないようにし、目の前のゴミを拾い、約束を守れるように心掛けた。当たり前のことをすることしかできなかった。

息子に、笑顔を絶やさず元気に育ってほしいと思えば、私が笑顔を絶やさなければいい。息子に優しい子に育ってほしいと思えば、私が他人に優しくすればいい。ときには、私が弱音を吐いたとしても、息子は他人の辛さがわかる思いやりのある人間に成長するだろう。そう思った。

私が子供のころ、母の顔色をうかがい、母が浮かない表情をしていれば、私が楽しんではいけないという気持ちでいたことを思い出しながら、息子には同じ気持ちを味わわせたくはないと強く思った。

息子の幸せを願うなら、まず私自身が幸せを実感するべきなのだと思った。

子供は親の言うようには育たない。親のするように育つ。

ファミリーレストランで知り合い、友人にもなったスクールカウンセラーからこの言葉を聞いて、なお一層、私自身の言動を振り返った。学ぶことの大切さを伝えるために、読書を始めた。

まずは、夏休みなどの長期休暇に出される息子の課題図書を、息子が読み終えたあとに読んだ。ありがたいことに、息子と同じ本を読むことによって、共通の話題が増えた。また、学校行事などで先生方が勧める本は、すぐに書店で購入した。それまでは、週刊誌や漫画ばかりを読んでいた私だったが、いつしか週刊誌や漫画を手にする機会が減っていった。息子の学習量が増えるのと同じように、私の読書量も増えていった。高校2年生になり学習量の増えた息子が、

「前から、そんなに本を読んでいたっけ？」

と、私の読書する姿に驚いて、聞いたほどだった。

私自身、思春期以降、親の言うことを素直に聞き入れることができなかった。親だけでなく、すべての大人に対して不信感があったと言っても言いすぎではない。

「大人はきれいごとばっかり」

「大人は言っていることと、やっていることが違う」

「結局は、自分の身を守ることしか考えていない」

当時の私は、とくに祖母を亡くしてからは両親をはじめ、大人たちに対してこのような偏見を持っていたが、私のことを気に掛けていてくれた友人の親たちの話にだけは、耳を傾けることができた。同じことを言われても、誰に言われたかによって捉え方も変わってくる。だからこそ、**息子の成長のためにも『ナナメの関係』が必要だと思った。**

息子の友達たちには、私が『ナナメの関係』になることができるが、息子には私は『ナナメの関係』としては存在できない。そこで、私は信頼できる私の友人に息子を積極的に会わせた。

スクールカウンセラーで論理的な友人、会社員として働きながら行政書士や宅地建物取引士、一級販売士などの資格を複数取得し、半年以上街頭に立ち続け、政治の道に進んだ努力家の友人、労を惜しまず自分のことのようにともに汗と涙を流してくれる感情豊かで愚直な友人、家族のように私を応援してくれる仲間たちなど、真剣に向き合ってくれる大人たちと息子を引き合わせたことによって、息子は社会との関わり方を身につけていったように思う。

父親である私が言っても、素直に聞き入れることが難しい思春期の息子に向き合ってくれる私の友人の存在は、息子にとってもありがたい存在であり、それ以上に私にとってかけがえのない存在であり、安心を与えてくれた。

そして、息子は私がいなくなっても生きていけるとも思った。

最後までいつも通り、いつも通りに。

大学入試センター試験当日は、心配された雪も降らず天候にも恵まれ、息子は体調を崩すことなく、考えられる限り最高のコンディションで迎えることができた。

また、学年主任を中心に学年スタッフが一丸となって重ねた準備のおかげで、不安もなかった。私は、息子を含め、息子の同級生たちみんなが今までの努力の成果を発揮できることだけを願った。

最高のコンディションで臨んだ大学入試センター試験だったが、翌日学校で行った自己採点の結果、息子は目標とした得点には届かなかった。学校の自習室で勉強して、いつもと同じ時間に帰宅した息子は、いつもより口数が少なく元気がないように見えた。自己採点の結果が気になる私は、聞き出すタイミングを見計らった。自分の部屋から居間へ飲み物を取りに来たところで、息子に声をかけた。

「自己採点の結果は、どうだった?」

「ん……」

息子は冷蔵庫を覗きながら、言葉を濁した。

「目標点には届いたの?」

「いや、少し足りなかった。国語が悪かった……」

「そうか、でも、足切りにはならないんだろ?」

息子を励ますつもりで声をかけたのだが、『足切り』という言葉に息子は反応した。

「俺のこと、バカにしてんの?」

あまり話をしたくなさそうに冷蔵庫を覗いていた息子だったが、私の方を振り返り、にらみつけるように言った。私はハッとして不用意なことを言ってしまったと反省し、息子に謝った。

正直なところ、二次試験を受験することすらできない『足切り』にならなかったことに、私はホッとした。東大の場合、二次試験の割合が高く、大学入試センター試験の得点が約8分の1にまで圧縮されることを考えれば、足切りさえ避けられれば、息子はきっと挽回するだろうと思っていた。根拠があるわけではなかったが、私にはそう思えた。息子の可能性を信じられた。

次の日からも、息子は今まで通り試験対策の勉強のため自転車で登校した。中学校入学以来6年間、同じ時刻に同じ道路を同じ自転車で通い続けた。それもあと残りわずかだった。6年間見続けた同じ風景も、二次試験を控えたこの時期には違ったものに見えたかもしれない。吹き付ける北風が今までに感じたことがないほどつらく、険しい道のりに思えていたかもしれないが、私が息子にしてあげられることはなかった。ただそれまで通り、いつもと同じように息子の姿を見守ることしかできなかった。

大学入試センター試験から5週間が経ち、いよいよ二次試験を迎えた。試験日当日の移動は、遅刻などのリスクが高いことから、あらかじめ決めた宿泊施設に息子を前泊させる予定だった。ところが、当初予定していた試験会場である駒場キャンパスに近い宿泊施設は、朝食などの確認作業をしているうちに満室になってしまったため、12月になって友人のお子さんが難関大学受験の際に利用し、見事合格した、げんのよい宿泊施設を紹介してもらった。

電車の乗り継ぎがあり、試験日当日の混雑を考えると、負担と不安があったが、通勤電車の混雑を経験する機会と思い、気持ちを切り替えた。息子は新たに紹介してもらった宿泊施設を私立大受験の際に利用し、そこから駒場キャンパスまでの電車の乗り継ぎなども下見していたので不安はなかったが、妻と私は息子に同行することにした。

妻は息子を心配してのことだと思うが、私は息子のことというより、私自身のためだった。私自身が悔いを残したくなかった。私自身が納得したかった。

そしてもう一つ、百ます計算を考案した陰山英男先生の娘さんが東京大学を受験した様子を綴った書籍『娘が東大に合格した本当の理由　高3の春、E判定から始める東大受験』

の中で表現していた、二次試験当日の朝の風景を見てみたかった。

強風が吹いて、缶が転がった。

二次試験前日の午後、息子と妻と私の三人で、東京へと向かった。

東京行きの高速バス乗り場へ向かう前に、少し遠回りをして、祖母のお墓に立ち寄った。命日が近かったのだ。青空の広がった風の強い日だった。思い返せば、30年近く前の、祖母の葬儀の日も、同じように風の強い日だった。お花とお線香をあげ、息子が問題なく二次試験を迎えられることを報告した。晴れ晴れとした気持ちだった。これでやり残したことはないと思えた。

高速バス乗り場へ着くと、日曜日の午後ということもあって、バス停に近い駐車場は満車だった。仕方なく私は、バス停から遠い駐車場に自動車を停めた。そこから三人が、それぞれにスーツケースを引きながら、バス停へと向かった。

日も傾きはじめ、風は冷たく、一層強くなり、妻はかぶっていた帽子を押さえながらコートの襟を立てた。バス停へ向かっていくうち、次第に妻が遅れだし、私、息子、妻と並んで歩いていた。

高速バス乗り場に入ったところで、強風に煽られて、私の目の前にコーヒー飲料の空き缶が転がってきた。

「あっ」

その空き缶を拾おうとしたが、両手に持った荷物が邪魔をして拾うことができず、私の前を横切った。とっさに空き缶の方向を振り返ると、私のすぐ後ろを歩いていた息子が手を伸ばし、その空き缶を拾い上げていた。そして、拾い上げた空き缶を手に、立ち止まった私の横を無言で通りすぎ、少し先にあったごみ箱へ捨てた。その息子の姿を目にしたとき、私は涙があふれた。そして、こう思った。


息子は、第一志望大学の二次試験が明日に迫った緊張状態で、目の前に転がってきた、誰が飲んだのかも捨てたのかもわからない空き缶を拾い上げて、ゴミ箱に捨てることができる人間に成長したんだ。

こんなことができる息子が、大学に合格できないはずがない。こんなに成長できた息子だからこそ、東京大学へ行かせてやりたい。もし、息子が合格しないような大学なら、そ

こまでの大学なのだ。

このときあふれた涙は、祖母が亡くなり絶望の淵に立たされたあのときの涙とは、まったく別の物だった。

おわりに。

もし、子育てに正解があるとしたら。

冗談からのように出た言葉から始まった。

「キャバクラのおっちゃんの息子が、東大に入ったら面白いね」

自営飲食店の失敗で借金だらけで金銭的に苦しかった時期に、息子が私立の中高一貫校へ進学したいと言い出したとき、私の口から冗談のように出た言葉だった。

大学受験をしたことにない私にとって、東京大学は「合格するのが難しい大学」「日本一の大学」ということぐらいしか思いつかない、縁遠いものだった。縁遠すぎて私の身近に『東京大学』と口にする人さえいなかった。そんな私が『東京大学』と口に出してからは、

「どんな人たちが学んでいるのだろう。どんな人が難しいと言われる試験に合格するのだろう…」

と、素朴な疑問を持ち始めた。そして、

「息子は東大に合格できるのか、挑戦させてみたい」

と、思った。

何も知らないのだから、どれだけ『無謀』かもわからなかった。

２０１３年３月10日、東京大学の合格発表日、偶然にも運命の日はお店が定休日である日曜日にあたった。二次試験が終わった翌日からも、それまでと同じように学校の自習室へ通い後期試験に備えてきた息子は、二次試験の自己採点さえしていない。

合格発表日の朝、息子は表情もこわばり、いつもとは違って顔色も悪く、言葉も少なく、「食欲がない」と言って、食事ものどを通らない。結局、息子は何も食べられずに東京行きの高速バスに乗った。妻も私も息子の様子が気になってはいたが、これまでと同じように『いつも通り』に振る舞った。

合格発表予定時刻の１時間ほど前に本郷キャンパスへ到着した私たちは、息子に少しでも食事をとらせようと、安田講堂前広場地下の中央食堂へ向かった。しかし、そこでも息子は食事を注文できなかった。息子の緊張が私たちにも伝わってくる。妻と私で食事を注文して食べ始めると、食べ物を前にお腹がすいたのか、息子が一口食べたいと言い出した。息子が食事する姿を目にして、ホッとし安心した。その様子を見ながら、

「一口って言ったわりには、ずいぶん食べるんじゃないの？」

と、息子に声をかけると、息子はこの日はじめて笑顔を見せた。

昼食を終えた私たちが、合格発表の掲示板が並ぶ総合図書館裏の通称「合格通り」へ行くと、そこにはすでに合格発表のときを待つたくさんの人で溢れていた。

「発表の午後1時までは、もう少し時間があるね」

と、妻に言った瞬間、運動部員の雄叫びと共にファンファーレが鳴り、たくさんの人が動き始めた。それと同時に、すぐ横にいたはずの息子の姿が消えた。

人の流れに逆らうことができず、人の流れに押し流されながら息子を探すが、あまりの人の多さに見つけることもできない。実は前日から息子に受験番号をたずねていたのだが、よほど二次試験に自信がなかったのか、息子は受験番号を私たちに教えてくれなかった。

息子を見失ってしまったことによって、私は息子の合格を確認することもできず、身動きも取れず、ただたくさんの人に押し流されていた。ようやくたどりついた合格発表の掲示板の前では、悲鳴や歓声、そして胴上げがいたるところで始まっていた。掲示板の前に息子の姿はない。さらに私には、息子の合否を確認するすべもない。途方に暮れて、しばらくその場で息子の姿を探していると、私の携帯電話が鳴った。

「合格した」

携帯電話の向こうから息子の声がした。

「やったな。おめでとう。」

と、言って、電話を切った。

なぜ、息子は東大に合格できたのか。

私は文科一類の合格発表の掲示板の前に立ち、息子を待ちながらこれまでのことを考えていた。

息子はなぜ、東京大学に合格できたのだろうか。

幼いころから東京大学を目指していたとしても、合格できたのだろうか。

息子が幼いころ、私は息子を東京大学へ進学させようなどとは微塵《みじん》も考えていなかった。ただ、笑顔で生きていけることだけを願った。そして、自分の人生を自分の手で切り開いていけるだけの自信を身につけさせようと思った。それができれば、『親としての役目』は果たせるのではないかと考えていた。

高校入学以来、好き勝手な生き方をして、勉強をほとんどしてこなかった私が息子に教えられることは少ない。私が『教える』のではなく、息子自身が持つ可能性を引き出したい。『考える』ことを大切にして、『考える』時間を与えるように接してきた。

私は子供のころ、母の望むように、感情を押し殺しながら生きた。子供は親の望むように生きる。親の気持ちを推し量る。子供はみな、親に好かれたい。自分に目を向けてほしい。そして褒められて、抱きしめられたい。だから、子供たちは親の望むようにしようとする。たとえそれがつらく悲しいことだとしても。親が望むなら。

子供たちは、親も気づきにくい無限の可能性を持っている。その子供たちの持つ無限の可能性を引き出すことができるのは、親や先生といった身近な大人たちだ。引き出すと言っても、それほど難しいことではないように思う。

子供を信じて、子供の声を聴き、寄り添って見守ることで、子供の無限の可能性は引き出される。赤ちゃんは、手にしたいものを見つけると手を伸ばす。手を伸ばしても届かなければ、背伸びをする。そしてそのものを手にすると、必ず天使のような微笑みで親のほうに振り向く。そこに見守ってくれている親がいることをわかっているからだ。

子供たちは振り返ったとき、そこに見守る親がいるから、安心して手を伸ばし背伸びをする。手を伸ばし背伸びすることで、子供たちは成長していく。そこに見守ってくれる親がいるから成長していくのだ。

うまくいかなかったときでも、抱きしめてくれる親がそこにいるから挑戦できる。挑戦することで、それまでうまくできなかったことがうまくできるようになる。そしてまた、新たなことに挑戦する。すぐにはうまくできないことでも、それまでの経験を生かし、自分で考え、繰り返し挑戦することでいずれできるようになっていく。

そして、できるようになると子供たちは、見守る親のもとへ駆け寄ってくる。抱きしめてもらうために。

子供たちは、身近な大人の愛を実感できれば、自分の持つ無限の可能性を伸ばそうとする。子供たちの無限の可能性を信じる大人たちの期待に応えようとしていく。子供たちの『やる気』を引き出すことが、身近な大人の役目なのだ。口で言うだけでなく、大人自らの行動、自らの『背中』で語ることが重要なのだと思う。

できないことは、悪いことではない。

間違えること、失敗することはいけないことではない。

大人たちにとっては簡単なことでも、子供たちにはできないことは多い。大人たちも振り返ってみれば、はじめからそれができたのかといえば、そうではない。大人たちもはじめてのときは失敗していた。しかし、ときがすぎ大人になると、まるではじめからできていたというように、『失敗したこと』を記憶の中から消し去る。だから、子供ができないことが許せない。失敗が許せない。

子供たちに『失敗を恐れずに挑戦する勇気』を持たせることができれば、子供たちは無限の可能性を発揮する。その『勇気』を持つためには、身近な大人に見守られている、愛されているという『安心感』がなくてはならない。子供たちに「失敗しても大丈夫」と思わせることが必要なのだろう。

残念ながら、子供のころの私には、その『安心感』がなかった。愛されていると実感できなかった。勇気を持つことができなかった。「甘えていた」と言ってしまえばそれまでだが、正直なところ、それどころではなかった。身近な大人を信じることができなかった。毎日が不安だった。生きていくことが不安だった。未来が不安だらけだった。だから息子には、どんなことがあっても見守っているという『安心感』を持たせることを第一に接してきた。自分の可能性を信じて、失敗を恐れずに挑戦する勇気を身につけてほしいと願った。失敗を恐れずに挑戦する勇気を身につけ、当たり前のことを継続することができたから、結果的に息子は東京大学に合格できたのだろう。

また、もし私が息子の幼いときから東京大学へ進学することを望んでいたとしたら、私は息子を東京大学へ進学させることはできなかったかもしれない。あれもこれもと習い事や塾などを押しつけてしまって、『子供の気持ち』に寄り添って、声を聴き見守るだけの心の余裕が持てず、目の前の成果だけに気を取られ、息子の成長を待つことができなかっただろう。

息子の成長よりも、私自身の「息子を東京大学へ進学させる」という欲のほうが大きくなってしまい、息子に失敗を恐れずに挑戦する勇気を身につけさせることは、できなかったかもしれない。

最も、わが家が幸運だったことは、『出会い』に恵まれたことだ。学年主任、スクールカウンセラーの友人や私の友人たち。そして何よりも、同じ目標を持って共に切磋琢磨した息子の友人たち。奇跡のような『出会い』がなかったら、このような結果にはなっていなかった。

合格発表の翌日、卒業式の数日前、私は息子に言った。

「同級生たちを集められないかな？」

「はぁ？」

あまりにも唐突な話に息子は呆れたが、私の意をくんでくれ、息子は友人たちにメールを送信した。


みなさんお久しぶりです。

後期試験が残っている人もいるかもしれませんが、みなさんお疲れさまです。

今日みなさんにメールをしたのは、うちの父親が学校の大掃除をすると言い出したためです。

日時は明日の午前10時からです。

学校に恩返しするという意味でぜひ参加してください。


翌日、学校へ行くとすでに息子の同級生たちは教室に集まっていた。前日の呼びかけにもかかわらず集まった同級生たちは六十人以上。学年の3分の1以上の生徒が集まってくれた。進学する大学も決まり、新生活の準備を始めていて、来られない生徒もいただろう。二十人ほどの同級生たちが集まってくれればありがたいと思っていた私は、正直驚いた。

嬉しくなった。胸が熱くなった。息子が幸せになる条件の一つとして、共に学ぶ友人たちが幸せでなければならないと考えていたが、私の想像以上に息子が成長できたのは、同級生たちのおかげだと改めて感じた。息子が高い目標を持ち続けられたのも、こうした仲間がいてくれたからなのだろう。

卒業式の後、私は息子の同級生たちからTシャツを贈られた。息子も含めた同級生一八一人の寄せ書きのあるTシャツだった。学年主任と私、二人だけに贈られた。嬉しかった。驚きのほうが大きかったからか、涙は出なかった。息子たちがキラキラとしていて、息子たちの『この先』が楽しみに思え、眩しかったから、涙が出なかったのかもしれない。

子育てに正解があるとしたら。

息子が東京大学へ進学したことが正しかったかは、正直なところ、まだわからない。東京大学へ進学したことで、私の『子育て』が正解だったとも思わない。子育ての正解も一つではない。**もし私の子育てが正解だったとしたら、それは『息子を裏切らない』『息子に信頼されよう』としてきたからだろう。**

『両親に裏切られた』という私自身の経験を忘れず、息子との『約束』を守り続けてきた。私自身が両親からされた子育てで、嫌だと思ったことを息子にはしなかった。ただ、当時のことを両親にたずねたとしたら、両親は私たち兄弟を「見棄てた」とも「裏切った」とも言わないと思う。

あくまでも『見守られている』という『安心感』を実感できず、私がそのように感じて育った。だから、その『感情』を忘れずに息子に接してきた。きれいごとではなく本心で息子と向き合ってこられたから、息子は私の想像以上に成長してくれた。

息子に「こうしてほしい」と思ったことは、何度も口に出さずに、私が自らやって見せた。息子が何かに挑戦したときには、目を離さずに見守った。うまくいけば、微笑み一緒に喜んだ。うまくいかなければ、「もう一度やってごらん」と勇気づけた。

特別なことを息子にしてきた訳ではない。私が息子より少しだけ前に進み、お手本とな

るように心掛けてきただけだ。前を進んで障害を取り除いてきた訳でもない。息子が障害に出合ったときには、乗り越えるまで立ち止まって見守った。
そして、障害を乗り越える度に、息子は成長していった。

『失敗をしない知恵』と『失敗を恐れずに挑戦する勇気』を身につけた息子は、今ではもう、私と肩を並べて歩いている。もしかしたら、すでに私が息子の背中を追いかけているのかもしれない。立場は逆になってしまっても、そのことを喜びながら私は息子を見守り続けたい。それが、これからの『親としての役目』なのだろう。

タイトルを目にし、この本を手に取っていただいた方には申し訳ないが、この本にお子さんを東京大学へ進学させる方法は書いていない。『人』としての成長を目指した子育て、私自身の『トラウマ』を克服するための子育ての結果、息子が東京大学に現役合格した、それだけと言ってしまえば、それだけの本だ。

よかれ悪しかれ、子供は親や身近な大人の影響を受けて成長していく。『子は親の鏡』なのだ。親が幸せに生活できれば、子供は親の姿を見て幸せに育つ。これまで『お店』の女

の子たちと接してきた経験からも、間違いのないことだ。

しかし、『子育て』の正解が一つでないからこそ不安が付きまとう。不安になったときには、信頼できる大人たちを頼ればいい。私も友人や先生を頼りにした。子供たちは人との関わりの中で成長していく。関わる人が多いほうがいい。子供たちは、関わる人たちが見守っていてくれるだけで成長していく。見守って応援してくれる人たちの期待に応えようと、成長していく。

私は『お店』の女の子たちと接したことで、『人育て』に関心を持った。私自身の『育ち』を振り返ることができた。両親のおかげで、味わう必要のない経験をすることもできた。この経験がなければ、『子育て』について考えることもなかっただろう。息子が私立中高一貫校へ進学したいと言わなかったら、あの学年主任に出会わなければ、息子を東京大学へ進学させたいと思わなかった。

息子も共に笑い、学ぶ仲間たちに出会っていなければ、大学受験という険しい『道のり』を乗り越えることはできなかったはずだ。そのときどきの『偶然』が、わが家には『チャンス』だった。そして、息子はそのときどきの『チャンス』を自ら手に入れてきた。子供たちに『チャンス』を与えていくのも、身近な大人の役割なのだろう。

子供たちの『無限の可能性』を引き出すのも、潰すのも身近な大人たち。
すべての子供たちの無限の可能性が引き出されることを望んでいる。
そのためには、子供たちに寄り添い見守る大人たちが必要だ。
それができるのは、子供たちに信頼された大人たちだけなのだ。
「愛している」と、声に出して、子供たちに伝えてほしい。
それだけで、子供たちは安心できる。
そして勇気を持って、困難を乗り越えようと努力していく。

これまでの人生の中で出会った、すべての方々に感謝申し上げます。
みなさん、ありがとうございました。
そして、誠悟《せいご》、ありがとう。

碇策行

キャバクラ店長の夜。

お客さんが来店しないかぎり、私の仕事はほとんどない。掃除と女の子の送迎が主な仕事だ。

私が忙しいということは、お店が繁盛しているということ。とくにお盆休みや年末などの忙しいときにかぎって、私の仕事は増える。

最も重要な仕事の一つが、お客さんがリバースされたものの処理だ。私のお店は時間制で焼酎とビールが飲み放題。宴会の二次会に団体で利用されるお客さんも多い。料理店や居酒屋でお腹いっぱいになり、酔いが回り始め、気の置けない仲間たちとの楽しい時間、飲み放題ということも手伝ってお客さん自身の許容量を超えることも少なくない。

ほとんどの場合、トイレに駆け込み事なきを得るが、トイレのドアを開けたと同時に決壊するお客さんもいる。そうなると私の出番だ。

「マスター、トイレが汚れてるっ」

この言葉で私は手にしている仕事をすべてやめ、トイレへ向かう。汚れの状況を見極め、処理を始める。忙しいときにかぎって起こるトラブルだから、躊躇している時間はない。覚悟を決めて腕まくりをし、まずは敵をトイレットペーパーですく

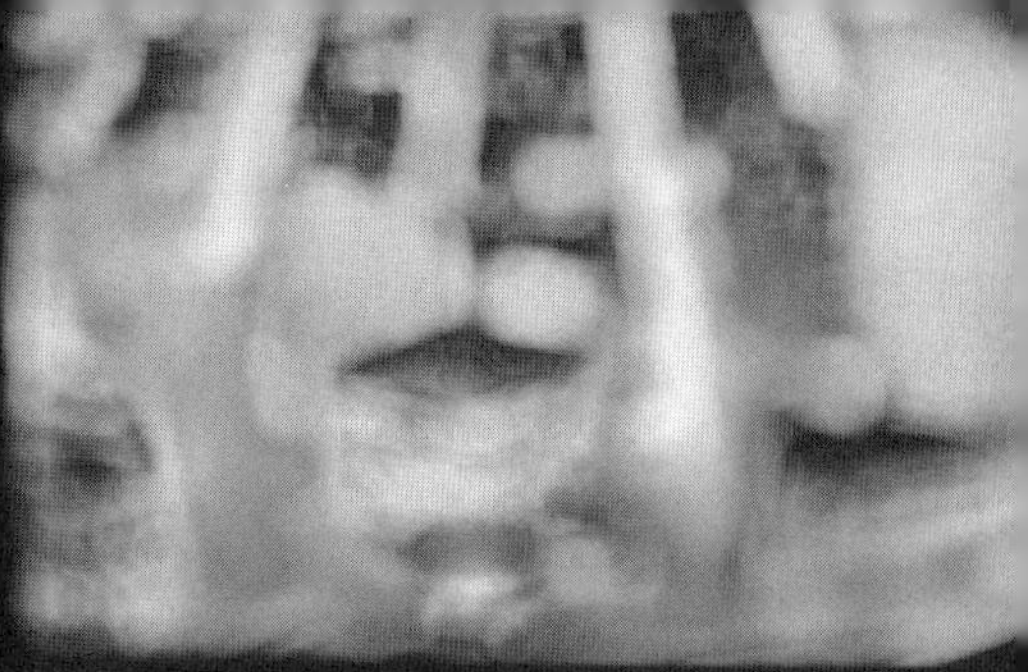

い取ってすみやかに便器に流す。
すくい取れないものは水で洗い流し、洗剤をかけまわしてブラシでこする。敵は油分を多く含むので、洗剤は必需品。その後トイレを使用するお客さんの足元が滑らないように床をぞうきんでふき取り、殺菌洗剤で自分の手を肘下までよく洗い終了。

お店のトイレの床が水を流せるようにしてあるのはこんなときのためでもある。範囲にもよるがトイレ内での処理なら5分とかからない。しかし、ときにはトイレに間に合わずに決壊するお客さんもいる。

ある週末の書き入れどき、開店間もない時間帯に玄関ホールで決壊されたときには、目の前が真っ暗になった。玄関ホールはカーペット。トイレのように水を流すわけにはいかない。キッチンペーパーを大量に使い、敵が広がらないように横から包み込むようにすくい取る。しみ込んでいかないように力を入れ過ぎないことがポイントだ。

決壊したお客さんの仲間が責任を感じ、テーブルにあるすべてのおてふきを投入して処理を手伝ってくれようとするが、「触っちゃダメ！」とやや勢いよくお願いをする。上から押さえつけたらダメなのだ。

これが、私の日常だ。

碇 策行 いかり・かずゆき

1968年、極東の僻地・茨城県潮来市生まれ。
父親が経営するキャバクラのマスター。
高校卒業後、飲食店勤務。
その後24歳で独立も好奇心が仇となり
10年後には借金苦。
小学生の頃、父親が家を出て、
中学生になると母親も蒸発。
両親に裏切られたという思いの中で
思春期を過ごす。そのつらい経験から
『子供を裏切らない』子育てを実践。
キャバ嬢との関わりと自分の育ちにもとづいた子育てで、
息子が現役で東京大学へ。
座右の銘は『人間万事塞翁が馬』。

**田舎のキャバクラ店長が
息子を東大に入れた。**

発行日　2016年3月31日　第1版発行

著　者　　碇　策行
発行者　　長坂嘉昭
発行所　　株式会社プレジデント社
〒102-8641
東京都千代田区平河町2-16-1 平河町森タワー13階
http://www.president.co.jp/
http://presidentstore.jp/
TEL：03-3237-3232（編集）
03-3237-3731（販売）
印刷・製本　図書印刷株式会社

ISBN978-4-8334-2171-3